Karl Emil Franzos

Der Stumme mit dem bösen Blick

Karl Emil Franzos: Der Stumme mit dem bösen Blick

Erstdruck in »Tragische Novellen«, Stuttgart, A. Bonz, 1886 unter dem Titel »Der Stumme«.

Neuausgabe mit einer Biographie des Autors
Herausgegeben von Karl-Maria Guth
Berlin 2017

Umschlaggestaltung von Thomas Schultz-Overhage unter Verwendung des Bildes: Matthias Grünewald, Der Besuch des Heiligen Antonius beim Einsiedler (Ausschnitt), um 1500

Gesetzt aus der Minion Pro, 11.5 pt

Verlag: Henricus - Edition Deutsche Klassik GmbH
Mörchinger Str. 33, 14169 Berlin, info@henricus-verlag.de
Druck: Libri Plureos GmbH, Friedensallee 273, 22763 Hamburg

ISBN 978-3-7437-0357-5

Bibliografische Information der Deutschen Nationalbibliothek

Die Deutsche Nationalbibliothek verzeichnet diese Publikation in der Deutschen Nationalbibliografie; detaillierte bibliografische Daten sind im Internet über www.dnb.de abrufbar.

Es war ein schöner, heiterer Junitag; über dem Städtlein am Ortsrand der Karpaten, über dem tiefgrünen Waldgebirge und der braunen Ebene leuchtete die Sonne. Früh war ich ausgezogen, im ersten roten Morgenduft, und wanderte nun auf der breiten Heerstraße dahin, die sich, mäßig ansteigend, ins Gebirge hineinwindet, der Marmaros zu. Mir war es fröhlich ums Herz, und freier kann sich kein Vogel fühlen, der sich zum Flug erhebt, denn ich hatte keinen Zweck als das liebe Wandern und keine Sorge; nicht einmal ein Ziel wollt' ich erreichen. Darum bog ich auch bald von der staubigen Straße ab und folgte den Nebenwegen, die mir beliebten, und dann dem Bette eines raschen, klaren Flusses. Aufwärts stieg ich und sah zu, wie mir die Wasser entgegenschäumten, und lauschte ich recht in das Gischten und Brausen, so verstand ich, was sie riefen: »Empor! Empor!«, und dazwischen murmelten die sanfteren Wellen am Uferrand: »Schön ist's oben, o wie schön!« Mit keinem anderen Glücklichen dieser Erde hätte ich tauschen mögen, da ich meinen Stecken weitersetzte.

Der Fluß kam von Westen her, und so ging ich westwärts. Von diesem Führer geleitet, kam ich nach wenigen Stunden in ein Dorf. Es hatte sehr niedrige, sehr ärmliche, recht in die Erde hineingedrückte Hütten, aber eine Schenke so groß und stattlich, daß sich sicherlich die ganze Gemeinde gleichzeitig darin hätte betrinken können. Doch war das Tor verschlossen, und als ich daran pochte, trat aus der nächsten Hütte ein junges Mädchen hervor, eine schlanke, dunkeläugige Huzulin, und rief mir zu: »Der Moschko ist nach Delatyn gezogen. Hier wird des Sommers keine Wirtschaft gehalten.«

»Warum nicht?« fragte ich.

Sie lächelte überlegen. »Für wen? Ich weiß nicht, was du hier suchst, aber Leute aus der Stadt kommen sonst selten. Und die Unsrigen sind ja fort, mit den Herden ins Gebirg gegangen. Nur einige wenige sind zurückgeblieben, die Äcker zu bestellen, und die haben sich ihren Vorrat an Schnaps eingetan. Auch wir haben eine Flasche im Hause. Wenn du ein Gläschen willst ...«

Ich dankte und bat um Milch und Brot. Das Mädchen nickte freundlich und lud mich ein, in die Hütte zu treten. Es war ein einziger, mäßig großer Raum; Küche, Zimmer und Schlafstube zugleich. An der Decke hingen gelbschimmernde Maiskolben in dichten Reihen, das Gerät war recht stattlich und mit den grellsten Farben bemalt; aus dem Anbau scholl das Grunzen der Schweine. Es war offenbar ein wohlhabendes Haus, in welches mich der Zufall geführt; schon daß die Haustiere ihren eigenen Raum hatten, deutete darauf, noch mehr das Wesen der alten Frau, die auf der Ofenbank saß und spann. Die Greisin trug einen Halsschmuck von Silberzwanzigern, heute, am Wochentage, und gab sich würdevoll wie eine Fürstin. Aber mehr noch als ihr Betragen imponierte mir ihr Antlitz; von tausend Furchen war es durchzogen und gleichwohl noch immer schön und ehrwürdig, wie ich's nicht oft gesehen, freilich auch ebenso streng wie schön. Es war ein Antlitz, das auf den ersten Blick fesselte, weil Leid und Stolz darauf geschrieben war, ein Schicksal. Schweigend, ohne eine Miene zu verziehen, ohne die Arbeit zu unterbrechen, musterte sie mich, dann nickte sie der Jungen zu. Diese reichte ihr den Brotlaib, sie schnitt ein Stücklein ab, streute Salz darauf und reichte es mir. »Willkommen!« sagte sie, dies eine Wort und sonst nichts. Nachdem ich das harte Haferbrot hinabgewürgt, war ich der Gast des Hauses, und die beiden Frauen machten sich stumm daran, meinen Imbiß zuzurichten.

Mir fiel dies Schweigen nicht auf, ich kannte den Brauch; so neugierig der Huzule ist, er fragt seinen Gast erst dann aus, nachdem sich dieser gesättigt. Als ich mit meinem Mahle fertig war – die Guten hatten mir mehr vorgesetzt, als ich in drei Tagen hätte verzehren können: Brot, Butter und Käse, Ziegenfleisch und Bärenschinken, dazu ein Fläschchen Moldauer Wein –, stürmten die Reden auf mich ein, daß ich kaum antworten konnte. In einem Atemzuge wollten die Frauen – es waren Großmutter und Enkelin – wissen, wer ich wäre und wohin ich ginge.

Die ersten Fragen waren leicht beantwortet: Georg Harder, Student, eines österreichischen Beamten Sohn aus Podolien. Aber als ich nun sagte: »Wohin? – Das weiß ich selbst nicht!« lachte das Mädchen auf, die Greisin aber blickte mich mißtrauisch an. Ich hatte schwere Mühe, ihr begreiflich zu machen, daß ich eben nichts wollte, als wieder ein Stück des Bergwalds kennenzulernen.

»Und immer den Fluß aufwärts?« rief sie. »Ach, was doch die Stadtleute närrisch sind! Droben ist ja kein Dorf mehr! Und wem kann man da begegnen: einem ›Haidamak‹ oder einem Bären!«

»Die streifen beide nicht so nah der Ebene«, erwiderte ich. »Auch ist ja nur der Bär eine Gefahr, der Haidamak nicht. Er mordet nie zum Zeitvertreib, und um das, was ich bei mir trage, brauche ich wahrlich nicht zu bangen!«

»Aber auch sonst kann dir etwas begegnen, was dir Unheil bringt«, rief das Mädchen. »Und wenn du auf die ›alte Riesin‹ triffst?«

Die »alte Riesin« ist eines jener Phantome, mit welchen der Aberglaube dieser Menschen die ungeheure Wüstenei des Urwaldes, der sich zwischen Galizien und Ungarn legt, bevölkert. Ihr Atem ist Gifthauch, und wen er trifft, der muß sterben und verderben.

»Der ›alten Riesin‹ wird er wohl entgehen«, sagt die alte Frau nachdenklich vor sich hin. »Sie scheint jetzt weit von hier, gottlob! Vieh und Menschen sind gesund! Aber da erzählte man eben gestern ...« Sie brach ab und blickte sich scheu um.

»Großmutter!« rief das Mädchen schrill auf. »Der ›Stumme‹! Janko sagte es ja, er hat ihn selbst gesehen!«

»Sprich den Namen nicht aus«, sagte die alte Frau hastig. »Schon das bringt Gefahr!«

»Wer ist der ›Stumme‹?« fragte ich. Der Name war mir neu; ich vermutete einen anderen Unhold des Volksglaubens. »Wohl ein Vetter der ›alten Riesin‹?«

»Jesus Maria!« schrie das Mädchen auf und bekreuzigte sich. Die alte Frau aber sagte befehlend: »Nenn den Namen nicht, solange du mein Gast bist! Willst du es dann tun, so ist's nur deine eigene Gefahr! Warnen aber will ich dich, weil das Christenpflicht ist: Geh nicht den Fluß aufwärts! Droben, drei Stunden von hier, hatte er noch gestern sein Lager! Janko sah von ferne das Feuer und wie er daran ein Wild briet.«

Geister essen keinen Wildbraten, es muß also wohl ein Mensch sein. Ich wurde aufmerksam; das konnte wirklich eine Gefahr bedeuten. »Ist's ein Haidamak?« fragte ich.

»Nein«, war die Antwort. »Das heißt, man hat nie gehört, daß er sich auch in der Weise gegen Menschen vergeht; möglich ist's doch. Aber das wäre das geringste! Die Hauptsache ist ...« Sie stockte.

»Nun?« fragte ich.

»Noch dies eine, weil du ein Fremder bist. Gott und seine Heiligen werden mich davor bewahren, daß ich deshalb an Leib oder Seele Schaden nehme, weil ich von ihm spreche. Ach! Es ist mir ohnehin Leides genug durch ihn geschehen! Auch tue ich es ja aus gutem Herzen! So höre: Wer ihm begegnet, muß ihn fliehen, weil er noch jedem, jedem Verderben gebracht hat. Der eine ist bald darauf krank geworden, der andere hat einen bösen Fall getan, dem dritten ist gar der Bär in die Hürde gefallen. Ihm begegnen heißt nächstens ein furchtbares Unglück erleben.«

»Da hat er wohl den ›bösen Blick‹?«

»Ja! Obwohl viele Leute, die ihm begegnet sind, sagen, seine Augen seien wie Taubenaugen, so sanft und gut. Auch ich ...«, sie hielt inne, »auch ich muß das eigentlich bestätigen ... Andere freilich erzählen, sein Blick steche wie ein Pfeil und sei nicht zu ertragen. Aber wie dem auch sei: zum Segen ist es niemand gewesen, in seine Nähe zu geraten. Selbst jene, die keine besonderen

Folgen an sich, ihrem Hause und ihrem Viehstand verspürt, meinen, es sei eine schwere Stunde ihres Lebens gewesen, und werden traurig und nachdenklich, wenn sie sich daran erinnern.«

»Wo wohnt er?« fragte ich.

»Nirgendwo!« rief sie. »Wo wäre eine Gegend so sündhaft, daß sie es verdiente, ihn immer zu beherbergen! Wahrscheinlich hat ihm der Herr Christus auferlegt, immer rastlos umherzuziehen, und lenkt seine Schritte dahin oder dorthin, je nachdem er eine Siedlung strafen will. Bei uns ist er vor vier Jahren zuletzt gesehen worden, und man dachte kaum mehr an ihn, da kam Janko gestern mit der Schreckensnachricht! Wer weiß, welche Sünde in diesem Dorf geschehen ist!«

»Man könnte ihn ja danach fragen«, bemerkte ich.

»Aber er ist doch stumm?« rief das Mädchen.

»Auch dies weiß man nicht genau«, sagte die Greisin flüsternd, als würde hierdurch die Gefahr, von dem Unheimlichen zu sprechen, geringer. »Gewiß ist nur, daß er nie auf eines Menschen Frage geantwortet; aber es gibt doch Leute, welche schwören, sie hätten seine Stimme erlauscht, als er mit den Tieren des Waldes gesprochen, mit dem Bach, der Tanne, dem Felsgestein ... Ach, Herr, wer weiß Gewisses über ihn, was er treibt, warum er auf die Erde gesetzt ist, Unheil und Grauen zu verbreiten?«

»Das kann ich nicht glauben«, warf ich ein. »Dazu setzt Gott keinen Menschen auf die Erde.«

Die Greisin schüttelte das Haupt, ihr Antlitz wurde noch düsterer, die Stimme sank vollends zu leisem Flüstern herab: »Und wenn es *kein* Mensch wäre?«

»Was sonst?«

»Ja, was sonst! Er ißt und trinkt, ihn hungert und friert, das deutet darauf, daß er von Fleisch und Blut ist wie wir. Aber Menschen wandeln sich doch im Laufe der Jahre und welken und verfallen, er aber bleibt immer derselbe, der er gewesen. Vor zwanzig Jahren war er ein Greis, aufrechten Hauptes und riesig anzuschauen, aber mit milchweißem Haar und offenbar uralt. Und so – genau so sieht er noch heute aus und schreitet durch die Berge wie ein Jüngling. Wäre er ein Mensch, er wäre längst gestorben.«

Ich habe die Worte wiedergegeben; den Ton der Stimme, den Ausdruck der Züge kann ich nicht beschreiben. Es war etwas darin, was jeden Spott erstickte, was ans Herz greifen mußte. Darum schwieg ich auch, nachdem die Greisin geschlossen, und fragte dann fast scheu: »Du hast ihn selbst gesehen, Mütterchen?«

»Ob ich ihn gesehen habe!« schrie sie auf; es klang wie ein Weheruf. »Zweimal, Herr, vor zwanzig und vor vier Jahren – und beide Male, nachdem durch ihn das Schwerste über mich gekommen, was eine arme Seele erdulden kann ... Ja, siehst du, da triffst du mich heute in meiner Hütte und in stattlichem Besitze, ich kann dich bewirten, so gut man's in einem Dorfe kann, und keiner hier im Orte könnte Besseres vorsetzen; ich sag' es nicht, um mich zu rühmen, sondern aus Dankbarkeit gegen Gott – und du triffst mich gesund, und das Kind hier blüht ja auch wie draußen im Gärtchen die Rosen. Also, denkst du, ein glückliches Weib, auch zu hohen Jahren ist sie gekommen! Aber was mir fehlt und wonach mein Herz dürsten wird, bis mir die Gnade wird, es wieder zu besitzen, das, Herr, siehst du nicht! Du hast nicht gefragt, warum wir beiden Weiber hier allein sitzen und wo mein Mann ist und mein Sohn ...«

»Ich dachte, sie wären bei den Herden im Gebirge.«

»Nein! Sie sind beide hier im Orte und schlafen hart nebeneinander, es ist nur so viel Zwischenraum zwischen ihnen, daß ich einmal hineingebettet werden kann. Und der eine ist zwanzig, der andere vier Jahre tot; wie die Tannen waren sie, als sie jäh dahinsanken, und keiner noch vierzig Jahre alt. Der Pfarrer von Debeslawce, wo wir eingepfarrt sind, der dicke Pope Andrij – kennst du ihn vielleicht, Herr? Nicht? Nun, das braucht dich nicht zu schmerzen –, der Pope sagt, ihnen sei wohl. Möglich, aber ich glaub' es nicht, denn sie sind schwer gestorben und haben sich noch in der letzten Stunde ans Leben geklammert, daß mir das Herz stillstand vor Weh und Erbarmen. Ach! Ich weiß, aus meinen

Träumen weiß ich es, daß sie sich nach mir sehnen wie ich mich nach ihnen. Aber selbst wenn ihnen wohl wäre, mir und dieser Waise hier ist es bitter, und ich kann nicht müde werden zu fragen: Warum mußten sie sterben? Warum gestattete es jener da droben dem Entsetzlichen, als Würger über die Erde zu gehen?«

»Großmutter«, sagte das Mädchen und fuhr sich mit der Hand über die Augen, »du sagst ja selbst oft: Es kann nur Gottes Wille gewesen sein, man muß sich dareinschicken! Was willst du dir jetzt dein Herz aufwühlen?«

»Gottes Wille?« Die Greisin seufzte tief auf. »Ein Herr aus Kolomea, der einmal hier war, der Baumeister, der uns eine Kirche erbauen sollte – es ist nur deshalb unterblieben, weil die Leute von Debeslawce dagegenwühlten –, der Herr Starkowski also, sagte mir sogar: ›Der »Stumme« ist gewiß nur ein unglücklicher Mensch, der nichts für alle die Zufälle kann.‹ Ich aber, Herr, die ich alles erlebt und angesehen – ich weiß es besser!«

Ich schüttelte unwillkürlich das Haupt.

»Du zweifelst?« rief sie. »Mit welchem Recht? Was weißt du davon! Höre mich an, dann magst du deine Meinung sagen.«

Sie legte die Hand auf meinen Arm, als wollte sie meine erhöhte Aufmerksamkeit erzwingen, dann begann sie: »Das war also vor zwanzig Jahren, und wie gesagt, bis dahin hatten wir nie von dem ›Stummen‹ vernommen. Da geht plötzlich das Gerücht im Dorfe, droben im Bergwald treibe sich ein weißhaariger Mann herum, immer die Büchse über der Schulter und immer mutterseelenallein; der könne kein gutes Gewissen haben, denn er weiche den Menschen aus, seine Miene sei scheu und gramvoll; er zucke zusammen, wenn man ihn anrufe, und fliehe. Nun, denken wir, wahrscheinlich ein Flüchtling aus der Ebene, ein entlaufener Verbrecher, aber was geht es uns an? Uns tut er ja nichts, und der Bergwald ist die Heimat der Heimatlosen, das ist so von alters her Brauch. Aufmerksamer werden wir erst, als einmal ein Fremder ins Dorf kommt, ein Holzhändler aus Kuty in der Bukowina, und von einem stummen Greis erzählt, der sich in seiner Gegend lange herumgetrieben.

›Der hatte den »bösen Blick«‹, beteuerte er, ›und viele sind durch ihn ins Unglück gekommen! Gottlob, daß wir ihn los sind!‹ – ›Aber nun haben wir ihn!‹ rufen unsere Leute. ›Da heißt es auf der Hut sein.‹ – Da lebte nun aber damals ein wilder, übermütiger Mensch in unserem Dorfe, Wassilj Zuffran mit Namen und seines Zeichens ein Bärenjäger. Der hört, was der Holzhändler erzählt hat, und sagt: ›Den Gast bring’ ich aus unserer Nachbarschaft weg, verlaßt euch drauf, Männer!‹ Er geht in die Berge; drei Tage später kommt er heim, matt, mit fieberhaft geröteten Wangen. ›Dem »Stummen« hab ich’s eingetränkt‹, ruft er, ›der wird sich morgen ein anderes Revier suchen!‹ Wie er das angestellt hat, erzählt er nicht. Niemand hat erfahren, was sich droben begeben hat, aber am nächsten Morgen liegt der Wassilj im wilden Fieber, und zwei Tage später ist er tot. Nun wächst natürlich das Gerede. Die Männer beratschlagen, wie der schlimme Gast wegzubringen wäre, nur mein Mann, mein Unufrij sagt: ›Laßt den Unglücklichen in Frieden; das mit dem »bösen Blick« ist ein Unsinn!‹ Und mir sagt er zu Hause: ›Wie grausam doch die Leute sind! Sie gönnen einem Greis nicht einmal das bißchen Luft und Licht. Wenn ich denke, was der für ein Leben führt – ohne Haus, ohne Weib und Kind –, es könnte ja einen Stein erbarmen!‹ Denn mein Unufrij hat ein Herz gehabt, so weich und gut wie das eines Kindes, und dann, Herr, wie ein Mensch einsam und flüchtig leben kann, hat er freilich am wenigsten begreifen können, denn wir waren ja so glücklich, wir hatten uns lieb, und es war Segen über unserer Wirtschaft, und unser Einziger, der Schymko, wuchs kräftig heran. ›Das war recht von dir‹, sag’ ich also. Aber in den nächsten Wochen wird die Aufregung gegen den ›Stummen‹ immer größer, und mit gutem Grunde: Ein alter Mann, der ihm begegnet, wird am nächsten Tage vom Schlage gerührt; einem Hirten, der ihn angesprochen, stirbt die Hälfte seiner Schafe an der Drehkrankheit weg. Da tun sich die Hausväter des Dorfes zusammen und sagen: ›Das ist ein reißendes Tier! Fort mit ihm, tot oder lebendig!‹ Aber mein Unufrij ...«

Der Greisin versagte die Stimme, eine jähe Träne brach ihr aus den Augen und rollte die Wange herab. »O hätte er es nicht getan!« schluchzte sie auf. Dann aber raffte sie sich zusammen, ihre Hand schloß sich fester um meinen Arm, aber ihre Stimme zitterte nicht, als sie fortfuhr: »Mein Unufrij war dagegen. ›Laßt mich mit dem Manne sprechen‹, sagte er. ›Stumm ist er, so werde ich ihn in Frieden bewegen fortzugehen.‹ Ich beschwor ihn, es nicht zu tun, er ließ sich nicht halten. ›Da steht ein Menschenleben auf dem Spiel‹, sagte er und ging in den Bergwald. Zurückgekommen« – ihre Stimme wurde heiser, und sie stieß die Worte mühsam hervor –, »zurückgekommen ist er nicht, sie haben ihn zurückgebracht, noch lebend, aber auf den Tod verletzt. Er hatte – und das war das letzte, was er mir noch erzählen konnte – den ›Stummen‹ aufgefunden und ihm die Gefahr berichtet, in der er schwebte. Unter Tränen hatte ihm der Greis zugehört, so sagte es mir mein Unufrij mit deutlichen Worten. Nachdem er das gewünschte Versprechen erhalten, war er heimgegangen. Es war in der Dämmerung …, an der ›roten Schlucht‹ glitt er aus und stürzte hinab … Am nächsten Morgen hörten einige Hirten das Gewimmer aus dem Abgrund, sie brachten ihn heim …, am Abend war er tot.«

Wieder erstickten die Tränen ihre Stimme; es währte lange, bis sie fortfuhr: »Es war einige Monate später, da ging ich eines Sonntags nach Debeslawce zur Kirche. Wie ich ins Gehölz trete, das just auf halbem Wege liegt, löst sich von einem der Stämme eine Gestalt los und tritt mir entgegen. Mir erstarrt das Blut zu Eis – heiliger Gott, das ist der ›Stumme‹! ›Hinweg!‹ ruf ich. ›Willst du meinem Kinde auch die Mutter töten?‹ Da wirft sich der Greis vor mir auf die Knie und hebt die gefalteten Hände zu mir empor und blickt mich an – wenn er ein Teufel ist, so hat er einem Engel diesen Blick gestohlen … Ich aber lasse mich nicht erweichen, ich schlage das Kreuzeszeichen und eile hinweg und bete in der Kirche, wie nur je ein Mensch zu Gott gebetet, daß er meinen Schymko wenigstens am Leben erhalte. Und der Herr, so streng er sonst gegen mich war – dieses Gebet hat er erhört!«

Sie verstummte und starrte, wie in tiefes Sinnen verloren, vor sich hin.

»Der ›Stumme‹ verschwand darauf aus der Gegend?« fragte ich.

»Ja, und lange kam er nicht mehr, wohl an die zehn Jahre; da wurde er plötzlich wieder gesehen. Aber der Schrecken von einst wirkte nach; wer unversehens im Tannendickicht auf den Unheimlichen stieß, schlug ein Kreuz und lief, so weit ihn die Füße tragen mochten. Furchtbares aber ereignete sich damals nicht; das brachte der Unhold erst wieder mit, als er vor vier Jahren abermals in unsere Gegend kam ...« – »Mein Vater!« schluchzte das Mädchen auf. »Mein armer Vater!« – »Und deine Mutter!« setzte die Greisin dumpf hinzu; ihre Tränen rannen nicht mehr, in den Augen glomm ein wildes Feuer auf. »Sie hatte schon lange an einem bösen Husten gelitten, unsere arme Xenia. Die Kräuter der alten Maritza konnten ihr nicht helfen und noch weniger die bitteren Tränklein, welche sich der Bader in Debeslawce mit schwerem Gelde bezahlen ließ, und als sie immer schwächer wurde und die Röte auf den Wangen immer schärfer und als sie endlich dahinstarb, da faßten wir uns in Gott, mein Schymko und ich – was nützt es auch zu murren? –, und ganz gesund, sagte ja der Bader, hätte sie nie werden können. Nur die alte Maritza meinte: ›Das haben die Tränklein verschuldet oder irgendein böser Zauber; die Xenia war ja auf dem besten Wege zu Genesung!‹ Aber wir glaubten ihr nicht, bis drei Tage nach dem Begräbnis die Kunde kam, der ›Stumme‹ sei wieder droben am Flusse. Da wußten wir, was es gewesen und von wem der böse Zauber gekommen ...«

Wieder konnte ich jene Gebärde nicht unterdrücken, die schon vorhin ihren Zorn erregt; wieder mußte ich den Kopf schütteln.

»Du glaubst mir nicht?« schrie die Greisin ungestüm auf. »Du hast wohl dieselben Worte auf der Zunge wie der Herr Baumeister? Nun, höre nur weiter, dann wirst du schon glauben lernen! Du kannst dir wohl denken, wie jene Kunde meinen armen Schymko das tiefste Herz aufrührte; er hatte sich kaum trösten mögen, als er noch wähnte, daß Gottes Hauch das Leben seines lieben Weibes ausgelöscht, und wie mußte ihm nun erst zumute sein, da er erfuhr, daß ein Unhold es tückisch vernichtet! Wie in stillem Wahnsinn ging er umher und sprach nicht mehr, schlief nicht mehr, aß nicht mehr – ach! Schon dies war Jammers genug. Denn seine Xenia war ihm sehr teuer gewesen, obwohl sie nur eine arme Kuhdirne war – und weißt du wohl, worin ihre ganze Mitgift bestanden? Eine einzige Kuh hatte sie ins Haus gebracht, und die war eigentlich noch ein Kalb gewesen, aber deshalb hatte ich doch meinen Segen dazu gegeben, und weiß Gott, bereut hatte ich es nie! Also: entsetzlich sah es nun in meinem Schymko aus, immer Schlimmer wurde es von Tag zu Tag, und es nützte nichts, daß wir ihm zuredeten, sein einziges Töchterchen und ich. ›Laßt mich!‹ sagte er nur ungeduldig oder starrte uns schweigend an, mit einem Blick – ach, Herr, mir lief es kalt über den Rücken, sooft ich diesen Blick sah … So verflossen etwa acht Tage, und mein einziges Gebet war, daß ihm sein Verstand erhalten bleiben möge – ich Törin! Hätte ich recht geahnt, was in ihm vorging, ich hätte um anderes gefleht! Inzwischen kamen immer neue Nachrichten vom ›Stummen‹; mein Nachbar Thodor sah ihn einmal von ferne und nahm Reißaus, aber als er atemlos im Dorfe anlangte, kam er just zurecht, um zuzusehen, wie sein schönster Ochs verendete; mein Geschwisterkind, die Zofka, begegnete ihm, als sie den Hirten frisches Brot auf die Alm trug; auch sie floh, aber als sie die letzte Höhe zur Alm emporklomm, bröckelte sich ein Stein unter ihren Füßen los, daß sie stürzte und vier Tage lang krank lag, und als sie wieder gehen konnte, erfuhr sie, daß ihr ihn Verlobter untreu geworden. Natürlich suchte ich das meinem Schymko zu verhehlen, damit er nicht immer wieder an seinen eigenen Schmerz erinnert werde, aber es nützte nichts, die Leute sprachen von nichts anderem! So verging, wie gesagt, eine Woche, die Ernte kam, und ich atmete auf. Nun, dachte ich, wird er als fleißiger Hausvater, wie immer, zum Rechten sehen; die Arbeit wird ihm über das Leid hinweghelfen. Aber als nun die Ernte kam ...«

Sie stockte und fuhr dann fliegenden Atems fort: »Es war am ersten Erntetag, einem Montag. Mein Schymko war in grauer Frühe mit dem ganzen Gesinde aufs Feld gegangen und ich mit dem Mädchen hier zurückgeblieben, um das Essen zu kochen und es dann den Mähern zuzutragen ... Gegen die zehnte Stunde sind wir fertig und machen uns auf den Weg. Als wir zu den Arbeitern kommen, sehe ich, daß mein Sohn fehlt und unser Großknecht Stasko. ›Wo sind die beiden?‹ frag' ich. – ›Ja, wer das wüßte!‹ erwidern die Arbeiter. ›Vor zwei Stunden sind sie fort.‹ – ›Aber wohin? Wozu?‹ – Sie schweigen verlegen, endlich sagt einer: ›Verzeih, Herrin, aber sollte dein Sohn nicht ...‹ und deutet auf die Stirne. ›Nämlich plötzlich, ganz plötzlich ruft er: »Er muß sterben!« und läuft davon. Stasko sucht, ihn aufzuhalten und ihm die Sense zu entwinden, aber das gelingt ihm nicht; so läuft er denn hinter ihm her.‹ – ›In welche Richtung?‹ – ›In den Wald, gegen die Berge!‹ Da dunkelt's mir vor den Augen, mir ahnt sofort, wem er zu Leibe will. Ach, wie bald sollte sich meine Ahnung erfüllen! Ich biete die Knechte auf, wir eilen dem Walde zu, da kommt uns Stasko entgegen, totenbleich, mit entsetzten Mienen. ›Mein Schymko ist tot?‹ ruf ich. Er wendet sich ab. Da schlug ich zur Erde hin wie ein Baumstamm – ach, leider war's nur eine Ohnmacht ...«

»Nein!« sagte sie dann tief aufatmend. »Was frevle ich da! Gottlob, nur eine Ohnmacht war's, und ich habe diesem Kinde hier Vater und Mutter ersetzen können, so gut es eine schwache Greisin vermag ... Mein Sohn war tot. Er hatte sich aufgemacht, den ›Stummen‹ zu töten, Stasko immer hinter ihm her. Vergeblich war das Flehen des treuen Menschen, vergeblich die Einwendungen: ›Aber du kannst ihn ja nicht finden – wer weiß, wo er jetzt haust!‹ Schymko wollte nichts mehr hören, immer eiliger stürmte er die Höhe empor, immer am Flusse aufwärts, und der Teufel hatte gewonnenes Spiel! Nach einer halben Stunde sahen sie am jenseitigen Ufer eine dünne Rauchsäule aufwirbeln; da hockte der ›Stumme‹ bei einem Häuflein Reisig, das er angezündet. Mit einem wilden

Schrei stürzte mein Schymko, die Sense hochgeschwungen, das Ufer hinab und in den Fluß. Das Bett war nicht tief, das Wasser reichte ihm kaum bis an die Mitte des Leibes. Aber da wurde der ›Stumme‹ aufmerksam, er richtete sich auf und streckte die Hand gegen ihn aus – und im selben Augenblick stürzte mein Sohn mit einem schwachen Aufschrei zusammen, die Wogen schlossen sich über ihm, und als ihn Stasko ans Ufer brachte, hatte sein Herz zu schlagen aufgehört ...«

Darauf war es lange still in der Stube. Schwer atmend, mit geschlossenen Augen saß die Greisin da; das Mädchen blickte traurig vor sich nieder und wischte sich zuweilen ein Tränlein von den Wimpern. Ich aber fand gleichfalls kein Wort, mit dem ich dieses Schweigen hätte unterbrechen mögen, und wie eine bleierne Last lag es auf meinem Herzen. Es war nicht allein das Mitleid mit dieser unglücklichen Frau, sondern auch das Entsetzen vor jenem wirklichen und wahrhaftigen Unhold, der tausendmal grimmiger und erbarmungsloser ist als alle jene anderen, welche gleich ihm aus dem Hirn armer, roher Menschen geboren werden, das Entsetzen vor dem Unhold Aberglauben ...

»Nun?« fragte die Greisin endlich. »Was hast du jetzt zu sagen? Oder zweifelst du etwa an der Wahrheit meiner Worte? Als der ›Stumme‹ die Hand gegen ihn streckte, brach mein blühender, kräftiger Sohn mitten im Flusse tot zusammen! So hat es mir der Stasko an die hundert Male erzählt, und dieser brave Mensch lügt nicht. Übrigens kannst du ihn selbst fragen, wenn du ein wenig verweilst; ich erwarte ihn heute, er soll mir Bericht über meine Herden bringen, die unter seiner Aufsicht im Gebirge weiden.«

»Er hat gewiß die Wahrheit gesprochen«, sagte ich. Dann aber mußte ich doch fragen: »Es war zur Erntezeit, ein heißer Tag?«

»Ja. Was soll's damit?«

»Und dein Sohn war die steile Höhe emporgerannt, wild erregten Blutes, ein starker Mann. Das Wasser im Flüßchen aber ist sehr kalt!«

»O über diese Weisheit der Städter!« rief die Greisin höhnisch. »Und alle sind sie gleich klug. Dasselbe mit fast denselben Worten sagte mir auch der Baumeister. Ist das der einzige Trost, den du mir zu spenden hast?«

Ich suchte sie zu begütigen, so gut ich's vermochte. Dann griff ich nach Hut und Stock. Es war mein fester Entschluß, flußaufwärts zu gehen, wo der »Stumme« hauste. Ich sprach es nicht aus, doch las es mir die Greisin wohl vom Gesichte ab.

»Hast du noch eine Mutter?« fragte sie in einem Tone, der mir ans Herz griff. Aber ohne die Antwort abzuwarten, fuhr sie dann hart und spöttisch fort: »Bist du ein Nachtlager im Walde gewohnt? Flußaufwärts steht kein Dorf mehr, sagt' ich schon.«

»Aber einzelne Hütten?«

»Sie stehen leer; die Leute sind bei ihren Herden, höher oben im ›Großen Walde‹, Welyki Lys.« So nennt man, obwohl der Name für das ganze ungeheure Waldgebirge der Karpaten passen würde, jenen Teil der Tannenwildnis, wo Pokutien und die Marmaros zusammengrenzen.

»In der Sägemühle könnte er auch noch übernachten«, bemerkte das Mädchen.

Die Greisin zuckte die Achseln. »Freilich! Aber die erreicht er ja schon nach zwei Stunden Weges! Und ihn treibt es weiter, bis ...« Sie brach kurz ab. »Mit Gott!« sagte sie noch und wandte sich ab.

So mochte ich von der gütigen, bedauernswerten Frau nicht scheiden. Ich dankte ihr herzlich und suchte ihr auch Trost zuzusprechen. »Wenn ich dich in einigen Jahren besuche, dann treffe ich dich gewiß in gleicher Rüstigkeit, es waltet wieder ein wackerer Mann im Hause, und du trägst ein Urenkelein auf dem Arme.« Sie warf einen Blick voll innigster Liebe auf das errötende Mädchen. »Wenn es Gott mir gönnt«, flüsterte sie, »Gott und – der ›Stumme‹!«

Das war ihr letztes Wort, und es klang mir nach, als ich zum Dorfe hinausschritt und dann weiter, am Flusse hin, seinem Lauf entgegen. Ich weiß noch genau, wie mir dabei ums Herz war, obwohl manches Jahr seit jenem Tage vergangen, aber schildern könnte ich es nicht, und wenn ich mich noch so sehr nach Worten mühte. Nur zweierlei darf ich sagen: daß ich so heiß wie nur je und irgendeinem Menschen der Greisin da unten Sonnenschein auf ihrem dunklen Pfad wünschte und ferner, daß es nicht bloße Neugierde war, welche mich sehnlich wünschen ließ, dem Unseligen zu begegnen, der weiter droben hauste.

Der Fluß wurde allgemach immer kleiner und das Wasser klarer. Sonst kann man im Lande Galizien viele Meilen wandern und sieht immer nur dieselbe endlose Ebene und denselben endlosen Himmel – oder im Gebirge die ewig grüne Wüstenei des Urwaldes, der sich über die sanft gewölbten Kuppen hinstreckt. Hier, in den Vorbergen, wandelt sich das Bild von Schritt zu Schritt. Immer seltener wurden die bebauten Felder, dafür stand das Nadelholz in immer größeren Gruppen beisammen und bildete zuweilen schon ein ansehnliches Gehölz. Eine schmale, aber gut erhaltene Straße – das war wohl der Sägemühle zu danken – lief immer längs des Flusses dahin und schmiegte sich so eng an ihn, daß mir, wenn ich am Rande dahinging, manchmal eine hochaufrauschende Welle den Fuß benetzte.

So kam ich zur Sägemühle, einem stattlichen Holzbau. Ich trat ein und fragte den Werkmeister, ob er mir für die Nacht ein Plätzchen gönnen wolle. Der freundliche Mann, ein Deutscher aus dem Egerlande, sagte willig zu und fragte dann, ob ich nicht gleich hierbleiben wolle.

»Nein«, sagte ich, »ich komme wohl erst des Abends.«

»Das ist nicht unbedenklich«, erwiderte auch er, doch meinte er nur die feuchte Kühle des Waldes. Als ich ihn fragte, ob er den »Stummen« kenne, blickte er mich erstaunt an und nickte dann mit sehr ernstem Gesicht. »Aber was wissen Sie von ihm?« forschte er.

»Wenig genug«, erwiderte ich, »und möchte mehr wissen.«

17

»Wünschen Sie das nicht«, sagte er wieder mit demselben tiefernsten Ausdruck der Züge. »Das ist nichts für junge lustige Leute. Haben Sie ein bestimmtes Ziel droben?« fügte er hinzu.

»Ich – ich sehe die Gegend zum ersten Mal«, erwiderte ich zögernd.

»Dann gehen Sie bis zum ›steinernen Mann‹«, rief er. »So heißt ein merkwürdig geformter Fels, auf den Sie bald treffen, nachdem Sie den dichten Wald erreicht ... aber nicht weiter!«

Seine Pflicht rief ihn wieder an die Maschine. Er nickte mir freundlich zu, und ich ging weiter.

Es war, wie ich vermutet: Oberhalb der Sägemühle hörte die Straße auf und setzte sich nur in einem Fußsteig fort, der hoch über dem Bette des Flusses dahinlief. Unten im schmalen Bette rauschte das klare, eiskalte Gewässer.

Noch eine Stunde wanderte ich so weiter, immer höher ins Gebirge hinein, dann hielt ich an und blickte mich um. Die Sonne neigte zum Untergange, und gleichzeitig schwamm am östlichen Saume des Himmels blaß und durchsichtig die Mondesscheibe. Die ferne Ebene lag im goldenen Lichte vor mir gebreitet, weit, weit, ein grüner, leuchtender Riesenteppich, durch den sich das mattgraue Band der Straße wand und die Silberschlange des Flusses. Im Westen aber, wohin ich ging, stieg der Boden in sachter Steigung empor, ein breiter Waldgürtel begrenzte ihn, und aus einem Schatten schlängelten sich Pfad und Fluß hervor und zu mir nieder. Über dem Walde aber zeichneten sich in das satte Goldrot des abendlichen Himmels die Umrisse ferner, hoher Berge, die wohl schon drüben im Ungarlande lagen. Wie lichte Wolken standen sie da, und um sie her glühte und schimmerte das Abendrot. Es war sehr schön.

Lange hielt mich das Bild gefesselt, dann schritt ich weiter, dem Walde zu. Mein Herz begann zu pochen, und einmal hörte ich mich plötzlich laut sagen: »Wenigstens bis zum ›steinernen Mann‹.« Es war ein seltsames Widerspiel der Empfindungen, das in mir wogte, und so merkte ich es gar nicht, wie die Dämmerung immer dichter hereinbrach, bis ich unter die ersten Bäume des Waldes gekommen war und hier innehalten mußte, weil ich kaum mehr den Weg sehen konnte.

Um mich stand das Gehölz, groß, schwarz und still; nur zuweilen klangen im sanften, kaum hörbaren Anhauch des Windes die Nadeln der Tannen mit metallischem Klirren und Surren aneinander. Und als ich mich erschauernd nach Osten zurückwandte, woher ich gekommen, da war das schöne Bild verschwunden, das mich früher erfreut. Versunken war die Ebene mit ihren Gehöften und Dörfern, versunken der Fluß und das helle Staubband des Pfades, und wo sie früher geblinkt, wogte nun ein großes, graues Meer von Dünsten und Nebeln. Seine Wellen stiegen höher und höher und vermählten sich endlich mit den Luftwellen des graublauen Himmels. Nur ein blasser, matter Lichtstreif verriet, wo der Mond stand. Sonst gab es in dieser auf und nieder wogenden Dunstmasse nur noch einen einzigen lichten Punkt. Rechts, weitab und tief unter mir glänzte es zuweilen in mattem, rötlichem Lichte zu mir herüber. Das war das Blechdach der Kirche von Debeslawce, um welches der letzte Widerschein des Abendrots spielte.

Ich seufzte tief auf und hielt abermals lange an, ehe ich weiterging. Es war nicht Furcht, was mir den Schritt hemmte, aber ein Gefühl unsäglicher Verlassenheit senkte sich schwer auf mein Herz. Mir war's, als wäre jenes matte Licht der letzte Gruß der Heimat, der mir noch herüberstrahlte in die öde Fremde, in die ich geraten. Ich schüttelte dies Gefühl ab und ging weiter; aber als ich so im Dunkeln vorwärts schritt, fühlte ich nun erst, wie überaus müde ich war. In der Tat war ich heute einen weiteren Weg gegangen, als ein rüstiger Fußgänger sonst in einem Tagemarsch zurücklegt. Und wieder dachte ich: bis zum »steinernen Mann«!

Ich täuschte mich vielleicht selbst, da ich mir dieses Ziel setzte; ich hätte ja den Felsen unmöglich gewahren können, und wenn ich noch so dicht an ihm vorbeigekommen wäre, denn es war dunkel, unheimlich dunkel. Die Bäume standen rechts und links vom Pfade, tiefschwarz, hoch aufstrebend mit dunklen Riesenarmen.

An dem schmalen Streifen Himmels, den sie hoch oben frei ließen und den mein Blick nur erreichte, wenn ich den Kopf weit zurückbog, zitterte wohl zuweilen ein blasses Sternlein, aber dadurch ward die Finsternis um mich noch fühlbarer, gleichsam greifbar. Dann flog auch hier und da ein Lichtpünktchen durch die Luft, manchmal auch ihrer zwei, die sich folgten – Johanniskäfer. Oder es glotzte mich wie ein großes, mattes, unheimlich blinzelndes Riesenauge ein Stück morschen, verfaulenden Holzwerks an, über das fortwährend ein Schimmern und Zittern ging. Das war alles …

Der Wind war verstummt, nur die leisen Stimmen des Waldes umklangen mich in der Dunkelheit. Zuweilen löste sich ein Büschel Nadeln los oder ein morsches Zweiglein und streifte im Herabsinken die anderen, daß sie heimlich hinter mir her zischelten. Oder es irrte ein seltsamer, gedämpfter Ton durch die Luft, aus der Kehle eines Vogels, der hoch oben saß und vielleicht im Traum sang. Dazwischen murmelte das Flüßlein, aber sein Rauschen klang mir leiser ins Ohr als am Tage, als schliefe es auch und ließe sich nur im Traume vernehmen …

Da – urplötzlich und jäh – schlug ein schriller, durchdringender Ruf an mein Ohr, ein Klageruf, und er weckte den Widerhall, daß der ganze Wald bang aufächzte. Ich hielt entsetzt an und lauschte.

Der Ruf erklang zum zweiten Male, noch furchtbarer als vorhin, aber nun schreckte er mich nicht mehr. Ich kannte diese Stimme; es war ein Uhu, der sich in der Dunkelheit aus dem Urwald hinabgewagt in die Vorberge.

Weiter ging ich und weiter und fühlte, wie die Dunkelheit dieser Nacht, so schön wie unheimlich, immer tieferen Eindruck auf meine Sinne zu üben begann. Kaum empfand ich noch meine Ermüdung und vollends nicht mehr jenen Zwiespalt, jenes Schwanken und Kämpfen, das vorhin in meiner Seele gewaltet. Es war still in mir geworden; ich hatte ein Gefühl, als wäre ich selbst ein Stück des schlafenden Waldes.

Nur ein Sehnen füllte mir die Brust, ich sehnte mich, daß es licht wurde. Aber vielleicht sog ich auch diesen Wunsch nur aus dem, was um mich war, vielleicht schmachtete auch der Wald nach dem Monde. Denn plötzlich rauschten die Bäume auf, freudig und mächtig, und tausend Stimmen regten sich, und der Wind erwachte: am Himmel ging ein Leuchten dahin, und der Staub des Pfades begann zu schimmern; Ströme silbernen Lichts fielen auf die Wipfel und rieselten an den Zweigen herab – der Mond war voll und hell durch die Wolken gebrochen.

Ich blickte zu ihm empor, während ich weiterging, ich einsamer Wanderer, der nun nicht mehr einsam war. Bang und freudig, trostheischend und getröstet blickte ich zu ihm empor, und er neigte mir sein mildes Antlitz zu wie jedem, wie allem, was sehnend zu ihm emporstrebt, und sein Licht kühlte mir die beiden Augen ... In jener Stunde verstand ich ihn und mein Herz und alles, alles Weh der Menschen ...

Ein Schuß!

Dumpf dröhnend, überaus gewaltig ging der Schall durch die stille Luft, und hundertfach, grollend und ächzend, gab ihn der Wald zurück. Ich fuhr auf, griff nach meinem Revolver, spannte den Hahn und lauschte. Nicht hundert Schritt von mir war der Schuß gefallen, und aus einer Büchse, das hatte ich am Ton erkannt.

Wer war der Schütze? Ein Jäger nicht, was sollte der auch im Mondschein erpirschen wollen? Ein Heidamak! Es gibt ihrer viele im Gebirge, sie sind nicht ausrottbar; Auswürflinge der Ebene, zuweilen auch Bergbewohner, denen der Hunger die Flinte in die Hand gedrückt. Es konnte ein Räuber sein, welcher den fernen Genossen ein Signal gegeben. Ich lauschte, ob nicht von fern die Antwort ertöne. Aber es blieb still, nur in den Zweigen flüsterte der Wind. Das klang meinen erregten Sinnen wie ein Zischeln des Mitleids, dann der Schadenfreude: »Der ›Stumme‹!«

Ich wandte mich, zu gehen, zu entfliehen. Aber derselbe Drang der Seele, vielleicht nur der Nerven, der mich bis hierhergebracht, hielt mich nun fest und trieb mich vorwärts.

Vor mir war ein Tannendickicht, der Pfad führte in scharfer Krümmung um dasselbe. Langsam, klopfenden Herzens, ging ich dahin. Als ich das Gehölz umschritten, sah ich seitab vom Wege, in geringer Entfernung, zwischen den Baumstämmen ein flackerndes Feuerchen herüberschimmern, dem dichter Rauch entquoll. Der Wind trieb ihn in der Richtung, wo ich stand, einen Menschen konnte ich nicht gewahren. Ich hatte früher kaum gezweifelt, aus wessen Rohr der Schuß gekommen; nun wußte ich vollends, wer mir nahe sei.

Ich schritt vom Pfade ab und zwischen den Baumstämmen dem Feuer zu, welches mitten auf einer kleinen Waldhöhe züngelte. Vorsichtig bog ich das Gezweige auseinander, und lautlos versank mein Tritt in dem weichen Moder des Waldbodens. Dennoch mußte mein Nahen vernehmbar geworden sein, denn nach wenigen Sekunden schon – ich war eben an den Rand der Waldblöße gelangt – verdunkelte sich die Glut des Feuers; eine Menschengestalt war vor dasselbe getreten und hob sich ab von dem rötlichen Hintergrunde – eine riesige Gestalt, wie mir scheinen wollte, mehr konnte mein Auge noch nicht erspähen. Die Gestalt bewegte sich, sie kam auf mich zu. Wild rauschte das Blut in meinen Ohren, dann ging ich vorwärts, ihr entgegen. Es war ein Greis; nun konnte ich die mächtige Mähne weißen Haars unterscheiden, welche sein Haupt umstarrte. Er hielt an, als er mich nahen sah, und auch mein Schritt stockte wieder. Ich weiß nicht, wie lange wir so schweigend und regungslos in dem seltsamen Zwielicht, welches das Mondlicht und die züngelnde Glut über der Waldblöße schufen, einander gegenüberstanden, vielleicht wenige Atemzüge, vielleicht einige Minuten lang. Nur dies eine ist mir klar erinnerlich, wie mir plötzlich der Gedanke durchs Hirn schoß: Warum fürchtet sich dieser Mensch vor dir, warum fürchtet er sich so sehr? – Vielleicht schloß ich es aus seiner Haltung, noch deutlicher wahrscheinlich sagte mir's eine Ahnung, ein Instinkt. Aber dieser Gedanke linderte mir das Grauen dieses Moments nicht, im Gegenteil, er erhöhte es so sehr, daß ich fühlte, diese schmerzhafte Anspannung der Nerven keinen Augenblick länger ertragen zu können. Es wurde mir leichter ums Herz, als ich vorwärts schritt.

Der Greis blieb auf derselben Stelle, das Antlitz gegen mich gekehrt. Schon konnte ich die Umrisse der Gestalt, wenn der Wind den Rauch verwehte, im Lichte des Mondes, der Herdglut schärfer unterscheiden und dann, wie der silberweiße Bart sich abhob von dem dunklen Antlitz. Ich ging rasch, nur noch eine Spanne Raum lag zwischen mir und dem Unheimlichen.

Da regte er sich und hob die Hand; ich blieb stehen, und wieder ergriff mich jenes Grauen. Nicht die Gebärde schlimmster Drohung hätte mir solchen Eindruck gemacht wie dieses Betragen. Die Rechte wie beschwörend vorgestreckt, wich der Greis Schritt für Schritt zurück, ohne das Antlitz von mir zu wenden, bis er dicht vor dem brennenden Reisig stand.

»Gut Freund!« rief ich hinüber. »Lasset mich herankommen, Greis!«

Er schüttelte den Kopf.

»Ich bin ein Fremder, der den Weg zur Mühle sucht.«

Wieder nur dieselbe Gebärde. Dann streckte er die Hand aus und wies nach der Richtung, aus der ich gekommen. Doch auch diesmal war es keine befehlende, sondern eine demütige, ja flehende Gebärde.

Ich wollte gehen. Aber wie mein Blick über das matt erleuchtete, rauschende Geäst des Waldes hinstrich, da ward ich erst inne, in welch schlimme Lage ich mich gebracht. Es war unsicher, ob ich mich auf dem schmalen Pfad zurückfinden konnte, und selbst wenn mir dies glückte, konnte ich ihn bis zum Ausgange des Waldes, bis zur Mühle verfolgen? Eine Nacht im Karpatenwald verbringen, es war bedenklich, und nicht bloß der feuchten Kühle wegen, wie der freundliche Landsmann gewarnt …

Was tun? Ein dunkler Drang hatte mich hierhergetrieben, Neugier und Mitleid und die Sehnsucht jugendlichen Gemüts, alles Rätselhafte zu ergründen. Nun aber band mich an diesen Greis die bittere, nüchterne Notwendigkeit.

Ich wandte mich wieder zu ihm und trat auf ihn zu. Abermals streckte er die Hand vor; als mich dies nicht aufhielt, bückte er sich zur Erde nieder und hob etwas auf. Es schimmerte metallen im rötlichen Lichte der Reisigglut; der Greis hatte nach seiner Büchse gegriffen.

Ich zog meinen Revolver. »Alter Mann«, rief ich hinüber, »wollt Ihr einen Menschen niederschießen, der Euch mitten im Walde und hilflos um den rechten Weg fragt?«

Das wirkte; das Rohr senkte sich, er duldete mein Nahen, gebeugten Hauptes stand er da. Nun konnte ich die Züge deutlich erkennen. Es war ein Antlitz, wie ich all meine Tage nichts Ähnliches gesehen; dieser Mensch mußte uralt sein, das wies die gelbe, mumienhafte, von tausend Fältchen durchfurchte Haut und das matte, gleichfalls gelblich überhauchte Weiß des Bartes, des Haupthaares. Aber die fest geschlossenen Lippen zitterten nicht, die Augen blickten scharf und klar; es war sonst keine Spur hoher Jahre, keine des Verfalls in diesen Zügen, dieser Gestalt, welche nicht so riesig war, wie sie mir vorher im Dämmerlicht erschienen, aber doch weit über gewöhnliche Mannesgröße. Ein Ledergewand, wie es die Jäger anzulegen pflegen, wenn sie auf die höchsten Kuppen dieses Gebirges ziehen, umschloß die mächtigen Glieder; es schien verwittert und doch wie unzerstörbar – ganz so wie der Mann, der es trug. Je länger ich ihn ansah, desto bedrückter ward mir das Herz, und unwillkürlich klang jenes Wort in mir auf, welches die unglückliche Frau unten im Dorfe gesprochen, die klagende, unheimliche Frage: Wer weiß, ob dies ein Mensch ist. – Das war eine Gestalt, wie sie Dichter und Maler und das Volk in ihren Träumen ausgestaltet; das war Ahasver, der sich und anderen zum Fluche ewig über die Erde wandern muß, uralt und urkräftig zugleich, zum Tode reif, vor dem Tode gefeit ... In eines Menschen Antlitz konnte nicht so viel dumpfe, hoffnungslose Trauer liegen, in eines Menschen Haltung sich nicht eine so furchtbare Müdigkeit ausprägen. Es war ein Anblick, der mir die Kehle zusammenschnürte, daß ich kaum sprechen konnte.

»Ich habe mir in der Mühle ein Nachtlager erbeten«, begann ich. »Bei dem Deutschen, den Ihr wohl auch kennt. Wie weit ist's dahin?«

Er erhob den Blick nicht, er antwortete nicht. Dann streckte er zwei Finger der Rechten aus. »Meilen?« Er schüttelte den Kopf. »Stunden?« Er nickte. »Wollt ihr mich dahin begleiten?«

Er begann ein seltsames Gebärdenspiel, nicht hastig und ausdrucksvoll, wie man es an Stummen findet, sondern gemessen, überlegend und mühsam nach dem Bezeichnendsten suchend, etwa so, wie es jeder von uns täte, wenn er einem Menschen gegenüberstünde, der seine Sprache nicht verstehen kann. Er faltete die Hände, dann wies er auf die Büchse, deutete auf sich und mich und ließ die Arme schlaff niedersinken.

Ich verstand ihn nicht. Erst als er die Gebärden wiederholte, rasch und ausdrucksvoller als vorhin, begriff ich, was er andeuten wollte: Ich habe dich im guten und bösen von mir fernhalten wollen; nun es vergeblich gewesen, so geschehe dein Wille.

»Warum?« fragte ich. »Ist Euch jeder Mensch so verhaßt, oder hättet Ihr mich zu fürchten? Und warum sprecht Ihr nicht? Daß ihr kein Stummer seid, ist ja gerade aus Euren Gebärden zu erkennen. Oder habt ihr die Sprache verlernt?«

Der Greis blieb regungslos stehen, als hätte er die Frage nicht gehört. Ich wiederholte: »Seid Ihr stumm?« Kein Muskel zuckte in dem ehernen Antlitz. »Ich verstehe«, sagte ich. »Ihr wollt nicht lügen, und die Wahrheit mögt ihr nicht bekennen. Ihr seid der Greis, den sie hier den ›Stummen‹ nennen?«

Er fuhr zusammen und richtete seine Augen auf mich; der Blick war scheu wie der eines gehetzten Wildes. Dann belebten sich die Züge, wie ein maßloses Erstaunen glomm es im Antlitz auf.

»Ihr wundert Euch, daß ich dennoch mit Euch spreche? Ich fürchte Euch nicht, sowenig wie der Mann da unten in der Mühle. Ihr seid ein Unglücklicher, der noch keinem mit seinem ›bösen Blick‹ Unheil gebracht. Euch tun die Leute schweres Unrecht; sie verfolgen Euch mit ihrem Aberglauben!«

Er zog die Brauen noch finsterer zusammen und machte mit dem erhobenen Finger eine Gebärde der Verneinung. In den Augen blitzte es unheimlich.

»Was wollt Ihr damit ausdrücken? Etwa, daß Ihr wirklich dem Unheil bringet, dem Ihr begegnet?«

Er nickte. Dann hob er die Rechte und wies feierlich gen Himmel.

»Das wäre Gottes Wille, meint Ihr? Das hätte er, der Allerbarmer, auf Euch gelegt?«

Er schlug die Hände vors Antlitz; sein Leib erzitterte, schwer ging sein Atem aus und ein. Dann raffte er sich auf; die Gestalt reckte, die Hände ballten sich; er hob die Fäuste empor, als zürnte, als drohte er dem da droben. Aber auch dies währte nur wenige Atemzüge lang; wieder verbarg er das Antlitz in den Händen. Mir aber, der ich allein mit diesem Greis war, allein im nächtlichen Bergwald und auf seine Hilfe angewiesen, mir strich es kalt über Haupt und Rücken. Er ist wahnsinnig – der Gedanke übermannte mich und trieb mir das Blut zum Herzen. »Kommt!« bat ich. Er nickte, kauerte sich dann jedoch zum Feuer nieder und begann, mit einem Ast darin zu stöbern. Einige Kartoffeln brieten in der Asche; er schob sie an den Rand, damit sie inzwischen nicht verkohlten. Es war die Abendmahlzeit des Greises, vielleicht der einzige warme Bissen, den er heute genießen sollte.

So gern ich fort wollte, dieses Opfer durfte ich nicht annehmen. Ich bat ihn, so lange zu verweilen, bis sein Mahl fertig geworden. Er sträubte sich dagegen, litt es aber, als ich darauf beharrte. Nun schob er die halbgaren Knollen wieder tiefer in die Asche, machte mir ein Zeichen, welches ich nicht verstand, und ging eilig davon, über die Waldblöße hin. Bald war er hinter den Tannen verschwunden.

Verblüfft blickte ich ihm nach. Wer weiß, dachte ich, welchen wirren Gedanken nun dies arme, umdunkelte Hirn ausgebrütet hat! Aber als er nach wenigen Minuten wieder erschien, konnte ich schon von ferne erkennen, wie grundlos meine Besorgnis gewesen. Schwer bepackt kam der Greis daher, über den Schultern ein Bärenfell, in der Hand eine Provianttasche. Er breitete das Fell auf die Erde hin, dicht an das Feuer, und lud mich durch eine Gebärde ein, es als Ruhelager zu benützen. Ich nahm die Freundlichkeit dankend an, fügte jedoch hinzu, daß die Bemühungen nicht notwendig gewesen, ich sei den Aufenthalt im Walde gewohnt. Und daraufhin überflog ein Ausdruck seine Züge, wie ich ihn in diesem verdüsterten, in Leid erstarrten Antlitz nimmer für möglich gehalten hätte; gutmütiger, neckender Spott lächelte aus Blick und Mienen. Das verschwand blitzschnell, aber sein Tun blieb ein freundliches. Er öffnete seine Vorratstasche und breitete ihren Inhalt vor mir aus: geräuchertes Wildbret, ein Stück Ziegenkäse, harten Maiskuchen und Haferbrot.

Es war eine schwere Zumutung, ich zauderte und hätte abgelehnt, wenn mir nicht der seltsame, spähende Blick aufgefallen wäre, mit dem er mich dabei musterte. Der Unglückliche sollte nicht glauben, daß ich die Bewirtung verschmähte, weil sie aus seiner Hand kam. So brach ich denn je ein Stücklein von Käse und Kuchen, würgte sie hinunter und lobte dann eifrig die Kost. Wieder erhellte sich sein Antlitz, und diesmal noch ganz anders als früher; aus den Augen sprach eine rührende Dankbarkeit, die mich tief ergriff. Vielleicht genoß dieser unsäglich einsame, verfolgte und gemiedene Greis in diesem Augenblick seit Jahrzehnten wieder zum ersten Male jene Freude, die zu den besten gehört, die wir Menschen uns selbst bereiten können, die Freude, einen Gast zu bewirten.

Dann kamen die Kartoffeln, die inzwischen gar geworden, an die Reihe; auch die teilte er mit mir, und da ich diesmal eifrig zulangte, war sein Behagen, mir zuzusehen, so groß, daß er darüber selbst das Essen vergaß. Der Pfad, der zum Herzen eines Nebenmenschen führt, ist oft genug der schmälste, längste und schwierigste, den wir am Leben zu gehen haben, hier war mir der Zugang leicht geglückt: durch einige Bissen!

Allerdings war ich noch nicht ganz am Ziele; zu jenen wenigen, mit denen sich der Unglückliche zu reden getraute, gehörte ich noch nicht. Er antwortete auf jede Frage, aber nur durch Gebärden. So erfuhr ich, daß er des Sommers im freien Walde schlafe, des Winters in einer Hütte, die fern von hier, gegen Osten liege, also wahrscheinlich irgendwo in der Ebene. Hier in der Nähe habe er nur seine Vorratskammer, und zwar die Höhlung eines morschen Baumes.

Es währte lange, bis er mir dies alles verständlich gemacht. Und da er so bereit war, mir gefällig zu sein, schöpfte ich daraus den Mut zu einem neuen Versuch, mir und ihm die viele Mühe zu sparen. »Ich weiß, Ihr seid nicht stumm«, begann ich. »Warum sprecht Ihr nicht mit mir? Doch nur deshalb, weil es nach Eurer Meinung mir, Eurem Nebenmenschen, Gefahr brächte!«

Sein Antlitz verfinsterte sich jählings wieder, dann schüttelte er das Haupt.

»Nicht? Also ein Gelübde?«

Er gab kein Zeichen der Antwort mehr. Das war ihm offenbar eine so schmerzhafte, so heilige Sache, daß ihm jedes Anrühren überaus peinlich war. Ich verstummte verlegen, und in diesem bangen Schweigen fiel mir die Unheimlichkeit dieses Menschen, dieser Stunde wieder einmal schwer aufs Herz. So mahnte ich denn gern zum Aufbruch. Er nickte, dann deutete er mir an, daß er vorher Pelz und Tasche wieder bergen müsse, belud sich mit beiden und ging. Aber da ereignete sich ein seltsamer und aufregender Zwischenfall, den ich niemals vergessen werde.

Nicht fünf Schritte weit war er gekommen, als er plötzlich innehielt und aufhorchte. Ich tat das gleiche, konnte aber nichts erlauschen als das Wehen und Zischeln des Windes im Geäst und jene leisen Stimmen der Nacht, die schon vorhin mich Einsamen bald erschreckt, bald getröstet. Der Greis jedoch schien mehr zu hören; seine Brauen zogen sich zusammen, die Lippen bebten, und ich glaubte zu gewahren, daß sein Gesicht noch bleicher geworden.

»Was gibt's?« rief ich. Er streckte die Hand gebieterisch gegen mich aus. Schweig und rühr dich nicht! bedeutete die Gebärde.

Hierauf warf er blitzschnell Pelz und Tasche zu Boden, streckte sich der Länge nach neben sie hin und hielt das Ohr an die Erde.

Nur wenige Atemzüge – dann schnellte er wieder empor, sprang auf mich zu, faßte meine Hand und zog mich hinter sich her gegen den Rand der Waldblöße.

»Was gibt's?« wiederholte ich, und diesmal ernsthaft erschreckt. Denn sein Antlitz war verstört, und er stürmte, ohne meine Hand zu lassen, so rasch dahin, daß ich ihm kaum folgen konnte. Aber er achtete nicht darauf und riß mich mit sich fort, bis wir das Tannendunkel erreicht. »So sprecht doch!« stieß ich erregt hervor.

»Schweige!« Das war das erste Wort, das ich von den Lippen dieses Menschen hörte.

»Ist's ein Bär? Sind's Menschen?«

»Haidamaken!« flüsterte er.

»Viele?«

Darauf antwortete er nicht.

»Schlimm, Herr!« murmelte er.

»Und nun hab' ich bar ...«

Er vollendete den Satz nicht. Mit einer Behendigkeit, wie ich sie kaum je bei einem Jüngling gesehen, sprang er wieder vor, auf das Feuer zu, holte seine Büchse, die er hatte liegenlassen, und war mit gleicher Raschheit, binnen kaum einer Minute, wieder bei mir.

»Ist deine Waffe geladen?« fragte er atemlos.

Ich bejahte. Die seine war es nicht. Rasch griff er in das Patronensäckchen, das ihm an der Hüfte hing, und besorgte die Büchse. Seine Hand zitterte.

»Was kann Euch so erschrecken?« fragte ich. »Auch höre ich noch immer nichts!« Da vernahm ich aber schon den Laut ferner Stimmen. »Eine ganze Bande?«

Er nickte.

»Schlimm, Herr! Der Aniolek!«

Das war denn in der Tat das Schlimmste, was uns begegnen konnte. »Aniolek« heißt zu deutsch Engelchen; es war der Spitzname eines der fürchterlichsten Menschen, die je den Bergwald zwischen Ungarn und Galizien unsicher gemacht. Seine Herkunft wie sein Ende sind unbekannt geblieben, ebenso sein wirklicher Name; man weiß von ihm nur, daß er ein Mensch von besserem Stande und ein grausamer Wüterich gewesen. In jener Zeit, in welche diese Begebenheit fällt, klang sein Name von aller Lippen, so weit der Schatten dieser Berge fällt und bis tief in die Ebene hinein. Gestern abend war in der Wirtsstube im Städtchen unten nur vom »Aniolek« die Rede gewesen, und die Leute hatten Gott gedankt, daß er nun, den letzten Nachrichten zufolge, sein furchtbares Handwerk fünfzig Meilen weiter nordwärts treibe, im westlichen Galizien. Sonst sind, sagte ich schon, die Haidamaken nur der Habe gefährlich, nicht dem Leben; sie greifen nur in Notwehr zur Büchse; dieser Mensch mordete zum Zeitvertreib, und das Entsetzlichste wurde von ihm berichtet. Wenn er es wirklich war – ich dachte den Gedanken nicht aus. Der Lärm kam näher und näher.

»Woher vermutet Ihr den Aniolek?« fragte ich.

»An dreißig Leuten oder mehr!« war die Antwort. »Nur diese Bande ist so zahlreich. Auch ist der Aniolek der einzige Mensch im Gebirge, der mich nicht fürchtet. Er hat mir seinen Besuch versprechen lassen!«

»Wozu?«

»Um mich kennenzulernen«, sagte er. Und mit ganz seltsamem Tone fügte er hinzu: »Vielleicht – vielleicht sendet ihn Gott?«

Ich hatte nicht mehr die Zeit, zu erfragen, wie dieser befremdende Beisatz gemeint sei, denn immer näher kam die Schar, und nun wurden auch schon einzelne Worte verständlich. »Hoio! Wo steckt er?« rief eine kreischende Stimme, und eine andere: »Gib acht, Michalko, heut lernt er reden!«

Der Greis stand unschlüssig, wie in tiefen Gedanken. »Was tun?« flüsterte ich und faßte seinen Arm.

Er fuhr empor und tat eine Frage, die ganz rätselhaft war und mich an seinem Verstande zweifeln ließ, dieselbe Frage, die heute bereits jene alte Frau im Dorfe an mich gerichtet: »Lebt noch deine Mutter, Herr?«

»Ja«, sagte ich. »Warum?«

Er richtete sich hoch empor und faßte meine Hand. »Dann weiß ich wieder, was zu tun ist ... Du bleibst hier, Herr«, fuhr er mit einer Entschiedenheit fort, die kaum zu schildern ist. »Regst du dich nicht, so sind wir hoffentlich beide gerettet; sehen sie dich, sind wir beide verloren.«

Was nun folgte, hat sich rascher begeben, als ich es in den kürzesten Worten erzählen könnte. Es steht greifbar klar vor mir, und ich werde es immer so sehen, all mein Leben.

Die Büsche drüben teilen sich; ein Haufe wild zerlumpter Männer, von Waffen klirrend, die Büchsen hochgeschwungen, bricht auf die Waldblöße. Schreiend und johlend eilen sie auf das Feuer zu; an ihrer Spitze ein junger, blonder Mensch mit feinen Zügen, und dieser Jüngling mit dem Mädchengesicht ist bereits an einem Dutzend Menschenleben der Mörder geworden; es ist der Aniolek. Um seine Lippen spielt nur ein spöttisches Lächeln, seine Leute hingegen johlen immer wilder. Da entfährt ihren Lippen ein Schrei, und dann wird es still, so still, als hätte sich plötzlich eine Riesenfaust um die Kehle all dieser Tobenden gelegt. Der »Stumme« ist hervorgetreten und schreitet ihnen langsam entgegen, das Antlitz erhoben, die Augen auf sie geheftet. Ich habe dieses Antlitz von meinem Standort nicht sehen können, ich weiß nicht, welchen Ausdruck es in jenem Augenblick hatte, aber den Eindruck, den es übte, habe ich gesehen.

Die Leute stehen stumm und wie angewurzelt. »So kommt doch!« ruft der Aniolek und schreitet vor. Keiner gehorcht. Nun stehen die beiden einander gegenüber. »So also siehst du aus?« beginnt der Aniolek. »Du Kinderschreck, möchtest du nicht mit mir sprechen?« Da reckt sich der Greis zu seiner vollen Höhe auf, tritt noch näher auf ihn zu und hebt die Hand. Hinweg! lautet die Gebärde. Ein kurzer Schrei aus dreißig Kehlen – die Schar zerstiebt.

»Feiglinge!« ruft der Aniolek und tastet nach der Pistole in seinem Gürtel, dann aber, wie er zurückblickt, die Flucht der anderen und ihre Schreckensmienen sieht, faßt und übermannt auch ihn ein jähes Entsetzen. Er weicht immer weiter zurück, und wenige Sekunden später steht auf der Waldblöße nur noch der Greis allein, das Antlitz dem Dickicht zugekehrt, in dem sie entschwunden.

Nun werden sie aus dem Dunkel auf ihn schießen, denk' ich angstvoll, und kaum daß mir der Gedanke durchs Hirn gefahren, kracht ein Schuß – aus einer Pistole. Aber der Greis zuckt nicht; die Kugel muß ihn gefehlt haben. Da ruft eine gellende Stimme: »Zurück! Nun wird er wieder die Hand heben!« Der »Stumme« tut dies nicht; auch ohnedies wird nun die eilige Flucht das Knistern der geknickten Zweige hörbar, und bald verhallt der letzte Ton in der Ferne.

Wie gesagt, unsäglich rasch spielte sich die Szene ab; vielleicht auch war dies nur der Eindruck, den meine fieberhaft erregten Sinne hievon behielten. Nie in meinem Leben habe ich eines Menschen Hand mit wärmerem Druck erfaßt als jene dieses gemiedenen, unseligen Greises, da er wieder auf mich zutrat. »Wie soll ich Euch danken?« begann ich.

Er zog die Hand hastig zurück. »Wofür?« sagte er. »Ohne mich wärest du längst auf dem Rückweg zur Mühle. Auch galt ja der Besuch nur mir. Im Gegenteil, Herr, wolltest du mir zürnen, du hättest Grund genug; mein Verhalten hätte dir das Leben kosten können. Mein erster Gedanke war, zu fliehen, um deinetwillen! Aber warum blieb ich so dicht in der Nähe, warum nützte ich nicht die Minute, wo sie herankam, zur Flucht?«

»Es wäre vielleicht klüger gewesen«, sagte ich. »Aber wer könnte in solchem Augenblick klar überlegen?«

»Da irrst du, Herr! Wer erlebt hat, was über mich gekommen ist, wer ein Leben führt wie das meine, ist durch nichts erschrocken und überlegt alles. Ich blieb, weil ich mir schon lange vorher fest vorgenommen hatte, auszuharren, wenn der Aniolek mir seinen angedrohten Besuch machte; ich blieb, weil Augenblicke hindurch die Selbstliebe in mir mächtiger war als das Erbarmen mit deinem jungen Leben.«

»Um Gott!« rief ich und trat einen Schritt zurück. »Die Selbstliebe ... Das nennt Ihr so?«

»Wie könnte *ich* es anders heißen? Ja, Herr, ich wollte sterben! Dieser Mensch soll furchtlos und verderbt wie ein Teufel sein, dachte ich, vielleicht vergönnt mir Gott durch seine Hand endlich diese Gnade! Aber dann übermannte mich doch das Erbarmen, und ich wählte das einzige Mittel, das noch zur Rettung übrigblieb. Währest du mir hervorgetreten, sie hätten keine Scheu empfunden. Aber wer weiß, ob ich's getan hätte, wenn dein Mütterchen, das dir Gott erhalten möge, etwa schon tot wäre, so aber – siehst du, Herr ...«

Er brach ab und fuhr dann mit fast gebrochener Stimme fort: »Was der Schmerz einer Mutter ist, weiß ich. Mir waren alle Menschen feindlich, nur meine Mutter nicht. Danke mir nicht, Herr, nicht dir, deiner Mutter habe ich dein Leben erhalten wollen, und es ist geglückt. Danke mir nicht, mir ist ja nichts dabei geschehen. Aber – oh, wenn du wüßtest, wie mir zumute war, als ich die Kugel heranpfeifen hörte –, Herr, so erwartet der Bräutigam seine Braut!«

Ich schwieg, was hätte ich auch sagen sollen?

»Nun aber komm«, fuhr er nach einer Weile fort. »Es ist nahe an Mitternacht und der Weg weit, du wirst ohnehin todmüde sein!«

»Todmüde!« erwiderte ich. Die Glieder waren mir wie gelöst, und jeden Schritt empfand ich schmerzhaft. Nach wenigen Minuten Wegs – ich hatte den Greis zu seinem Vorratsraume begleitet, wo er Pelz und Tasche wieder bergen wollte – fühlte ich meine Kraft gänzlich schwinden; es ging für heute nicht weiter.

»Fürchtest du dich vor mir, Herr?« fragte der Greis.

»Nein.«

»Dann ruhe dich hier bis zum Morgen aus. Der Aniolek kommt nicht wieder, auch fände er uns hier schwerlich auf.«

In der Tat war es ein eigentümlich versteckter Waldwinkel, vor dem wir uns befanden. Soviel ich im Scheine des Mondes sah, standen zwei riesige Tannen an einem Felsen an, und ihr dichtes Gezweig bildete eine Art Höhle, deren Rückwand das Gestein war. In einen dieser Bäume, der hohl war, ließ der Greis die Provianttasche gleiten; den Pelz breitete er längs der Felswand aus. »So, Herr«, sagte er, »nun schlaf! – Ich werde wachen.«

»Wollt Ihr nicht auch Ruhe suchen?«

»Nein, ich schlafe des Nachts selten. Aber freilich, eines hätte ich schier vergessen.«

Er griff nach der Büchse und legte die Finger an den Drücker; dann jedoch ließ er das Rohr wieder unschlüssig sinken.

»Soll ich es auch heute tun?« fragte er dann in einem Tone, als spräche er mit sich selbst. »Heute wird es nicht nötig sein, heute habe ich einer Mutter ihren Sohn erhalten.«

»Ich verstehe nicht ...«

Er gab keine Antwort mehr. Schweigend kauerte er sich unter einen der Bäume hin, wenige Schritte von meinem Lager entfernt, und als ich noch einmal den Kopf erhob, wiederholte er leise und mit sanfter Stimme, wie man einem Kinde zuspricht: »Schlaf, Herr, schlaf!«

Das war leichter angeraten als befolgt. Ich konnte den Schlummer nicht finden, trotzdem ich so müde war oder vielleicht eben deshalb und weil mir die Erregung der letzten Stunden qualvoll in den Nerven nachzitterte. Nur wie ein leichter Schleier senkte sich mir zuweilen der Schlummer auf die Augen; abenteuerliche Träume durchzuckten mein Hirn, und wenn ich die Lider aufschlug, dann war das Bild, das vor mir stand, seltsamer als mein Traum. Da saß der weißhaarige Greis im blassen Mondlicht vor mir, regungslos wie der Fels; aber ich brauchte nur den Kopf zu heben, und er wandte mir das düstere Antlitz zu. Und rings das Zwielicht des monderhellten Waldes, das Schimmern über dem Gestein, das Glimmern im morschen Holzwerk, dazu das leise Weben und Flüstern der Nacht; zuweilen, von ferne her, ein dumpfer Hall, vielleicht der Sturz eines morschen Baums, oder der gellende Ruf des Nachtvogels aus dem Geklüft. Und wer war's, der meinen Schlaf in der nächtlichen Wildnis bewachte vor den wilden Tieren, den wilderen Menschen? Diese Wirklichkeit war seltsamer als jeder Traum.

Die Lüfte wehten kühler, das blasse Gold des Mondes erstarb im matten Grau des erwachenden Tages, das war das letzte, was ich noch sah. Dann kam endlich der tiefe Schlaf über mich, und als ich erwachte, stand die Sonne schon hoch am Himmel. Freundlich und hell lag in ihrem Lichte der verwitterte Fels, und die tiefgrünen Tannen schimmerten. Der Greis war von seinem Platze verschwunden, aber als ich mich erhob und vor die Höhlung trat, die Gestein und Baum bildeten, gewahrte ich ihn. Er saß unfern und putzte eifrig sein Jagdmesser blank. »Endlich!« rief er mir entgegen, und wieder war jener freundliche Strahl in seinen Augen, wie gestern abend, da ich sein Gast geworden, aber die Züge blieben düster, und Antlitz und Gestalt erschienen mir auch nun, im grellen Tageslicht, noch immer unheimlich genug. »Es geht gegen neun Uhr! Der Quell dort wartet deiner und dann ein Frühstück, so gut ich's vermag.«

Ich wusch mich im klaren, eiskalten Gewässer, dann nahm ich einige Bissen vom Haferbrot und Wildfleisch. Ich hatte ein Fläschchen roten Kotnaers in meiner Provianttasche, das holte ich hervor und bot auch dem Greis einen Schluck an.

»Nein, Herr«, erwiderte er kurz, fast heftig. »Verzeih, es war ja gut gemeint«, lenkte er dann ein. »Aber Wein und Schnaps sind des Teufels Helfer. Seit vierzig Jahren ist kein Tropfen mehr über meine Lippen gekommen!«

»Wie alt seid Ihr?«

»Über die Siebenzig, Herr!«

»Und wie lange ...« Ich stockte.

»Seit vierzig Jahren bin ich der ›Stumme‹, flüchtig und unstet, mir selbst und den Menschen zum Fluche.« Er sagte es dumpf und ruhig, wie vorhin sein Alter, aber dann brach es ihm gellend, in leidenschaftlicher Klage, aus tiefster Brust hervor: »Vierzig Jahre!«

»Entsetzlich!« Ich hatte das Wort nicht aussprechen wollen, es war mir unwillkürlich auf die Lippen getreten.

Er nickte. »Entsetzlich! Und darum ist es schwer, so lange ein gehorsamer Mensch zu bleiben und zu tragen, was sie mir auferlegt haben: der dort«, er deutete gen Himmel, »und die Menschen, alle, die mich kannten, meine ganze Gemeinde. Ich bin ein ›Ausgestoßener‹, Herr – weißt du, was das bedeutet?«

Ich wußte es. Man hört vieles von diesem grausamen Brauch im Flachlande erzählen, obwohl er in unseren Tagen kaum mehr geübt wird. Er gründet sich auf die Anschauung des Slawen, dem die Gemeinde der heiligste Verband, der Verlust der Heimat die bitterste Strafe ist, und erhielt sich lebendig durch die Abneigung des Bauers gegen jegliches Herrengericht. Wer im Dorfe ein Verbrechen beging, welches dem Edelmann, dem Beamten nicht bekannt wurde, den strafte die Versammlung der Hausväter unter der Dorflinde, weil es »die Herren nicht zu kümmern braucht, was im Dorfe geschieht«. Wo vollends die Ehre der Gesamtheit ins Spiel kam, wurde alles aufgeboten, den Verbrecher dem Dominium zu entziehen. Sein Los wurde hiedurch wahrlich nicht leichter; die »Versammlung« war ein harter Richter, und wo sie auf Ausstoßung erkannte, da kam das Urteil nach der Anschauung dieser Menschen, nach dem Schicksal, das nun des Verurteilten harrte, dem Schlimmsten gleich. Er war vogelfrei, heimatlos, von allem Besitz vertrieben, und jegliches Band war zerschnitten, welches ihn an Menschen knüpfte, selbst das heiligste des Blutes. Der grausame Brauch erstirbt, der »Stumme« wird hoffentlich einer der letzten Ausgestoßenen in jener Landschaft gewesen sein, und es ist gut so, aber die Wahrheit zwingt hinzuzufügen, daß ein solches Urteil nie ohne schwerstes Verschulden ausgesprochen worden ist. Und weil mir dies alles bekannt war, darum schwieg ich.

»Du weißt es«, sagte der Greis, »es steht auf deinem Gesicht geschrieben. Auch ich will nicht lügen und die Meinen anklagen, sie haben gerecht geurteilt.«

»Was habt Ihr begangen?« fragte ich.

Der Greis schüttelte den Kopf. »Ich will es verschweigen – aus Schonung für dich. Du hast nur noch zwei Stunden neben mir herzugehen, denn ich zweifle, ob du selbst bei Tage allein den Pfad zur Mühle fändest, warum sollt' ich dir die Wanderung noch unheimlicher machen, als sie dir ohnehin sein wird?«

»Dann müßte ich erst recht das Furchtbarste vermuten ...«

»Tu's, dann bist du auf richtiger Fährte. Aber das soll dir nicht das Herz mit Mißtrauen gegen mich erfüllen. Ich schwöre dir, daß ich seit jenem Tage, da sie mich ausstießen, keinem Menschen mehr wissentlich Böses getan, und lüge ich, dann mag mir Gott das Bitterste senden, was mich treffen kann, dann mag er mich noch länger leben lassen und mir die Gnade versagen zu sterben!«

Er sprach es feierlich, in einem Tone, der mich aufs tiefste erschütterte. »Beklage mich!« fuhr er fort. »Ich verdiene es! Nicht bloß, weil ich solche Tat begangen, solche Strafe erlitten. Härter kann man ja nicht mehr büßen – und das ist immerhin auch ein Trost; es muß Gottes, es muß der Menschen Zorn entwaffnen. Aber auf mir lastet noch anderes, was durch keine Reue, keine Buße erleichtert werden kann. Wenn man ...«

Er brach ab. Aber in seinen Zügen arbeitete die tiefste Erregung.

»Sieh!« sagte er flüsternd, fast heiser. »Wohl dem, der es mit Lebendigen zu tun hat. Der da droben lebt ja! Er kann mich hören, mir verzeihen! Aber ein Toter kann dies nicht! Das Schlimmste, was auf mir lastet, ist nicht die Tat, nicht mein Schicksal, sondern jener Fluch, der Fluch des Toten, weißt du, Herr. – Ach, du weißt es nicht!« schrie er auf.

Ich wich entsetzt zurück.

»Nein! Herr, ich bin nicht wahnsinnig! Leider – oder gottlob, ich bin's nicht! Was ich sagte, ist wahr, frage nur die Menschen nach mir, tausend Beispiele werden sie dir erzählen ... Aber genug! Komm, Herr, komm!«

Wir gingen.

Auf der Waldblöße, wo wir gestern abend das schlimme Abenteuer erlebt, hielten wir beide unwillkürlich an. Noch einmal maß ich mit den Augen den Raum von der Feuerstätte, wo wir gerastet, bis zu unserem Versteck. Es mochten zweihundert Schritte sein, und wie unglaublich rasch hatte sie der Greis durchmessen, seine Büchse zu holen! Ich äußerte mein Erstaunen darüber. »In Euren Jahren!«

»Das gehört mit zu meinem Fluche«, erwiderte er düster. »Ich bin langsam, sehr langsam gealtert, und seit zehn Jahren mag ich mich kaum mehr verändert haben. Wenn ich in einen Quell blicke, ist es immer dasselbe Antlitz. Auch an den Kräften fühle ich keine Abnahme ... Ach! wenn es sich etwas ganz und gar an mir erfüllen sollte ...«

Er stöhnte auf und legte die Hand an die Augen.

»Was?« fragte ich.

»Der Fluch, den er über mich aussprach, ehe er starb. Ach! ich sehe ihn immer vor mir und höre seine Worte ...« Ich fragte nicht, wen er meine; ich scheute mich davor. Er aber fügte kein Wort der Erklärung hinzu und starrte düster vor sich hin. Ich wollte ihn aus diesem unheimlichen Brüten emporrichten. »Warum war Eure Büchse gestern nicht geladen?« fragte ich, um ihn, wie ich hoffte, dadurch auf Gleichgültiges zu bringen.

»Des Nachts ist dies meine Gewohnheit«, erwiderte er. »Sobald es ganz dunkel geworden, ziehe ich den Schuß aus dem Rohr, oder ich lasse ihn in die Luft knallen. Gestern tat ich dies, kurz ehe du, Herr, auf mich stießest.«

»Ich habe den Schall gehört«, sagte ich. »Aber warum haltet Ihr es so? Es ist eine seltsame Gewohnheit, im Bergwald just für die Nacht sein Gewehr zu entladen.«

»Oh«, erwiderte er scheu und zögernd, »die Gefahr wäre sonst noch größer ... Nämlich bei Tage, siehst du, bei Tage fürchte ich mich vor mir und meiner Büchse nicht, aber wenn es dunkel geworden und all mein Weh doppelt schwer auf meinem Herzen lastet, da könnte es ja wohl sein, daß ich einmal der Versuchung unterläge und selbst ein Ende machte ...«

Wie so oft während der Aufzeichnung dieser Begegnung empfinde ich es auch diesmal als eine Schranke, daß ich nur die Worte mitteilen kann, soweit sie mir in Erinnerung geblieben, und nicht auch den Ton der Stimme, den Ausdruck der Züge. Könnte ich dies, dann müßte mir jeder nachfühlen, mit welcher Empfindung im Herzen ich neben dem Unseligen stand, ohne auch nur ein Wort des Trostes sagen zu können.

»Und wenn ich so täte«, fuhr er in gleichem Tone fort, »so wäre dies sehr schlimm für mich. Jetzt darf ich denken: Hier ist die Verdammnis, aber drüben wird vielleicht die Ruhe sein! – Dann aber wäre auch dort nur der schwarze Fluch auf mir! Freilich weiß ich nicht, ob es ein ›Drüben‹ für mich gibt ... ›Ewig!‹ – Ach, wenn sich etwa wirklich dasselbe Los an mir erfüllte, welches über jenen sündhaften Juden gekommen ist, wie mir einmal ein junger Schreiber beim Gerichte in Kolomea erzählt hat ...«

Es berührte mich seltsam, aus diesem Munde den Ahasver erwähnen zu hören. »Welcher Jude?« fragte ich. »Nun, wie er geheißen hat, weiß ich nicht, ich glaube Moschko. Aber es ist ja gleichgültig, es sind ja schon mehrere tausend Jahre her, seit er so gerufen wurde, jetzt nennen ihn die Menschen anders – wie, konnte ich mir nie merken.«

»Ahasver!« half ich ein.

»Also kennst du auch die Geschichte, wie er den Heiland verhöhnte und von ihm verflucht wurde? Sag, Herr, sag es mir auf dein Gewissen: Du bist ja, erzähltest du mir, viel herumgewandert, bist du ihm vielleicht je begegnet?«

»Nein!«

»Gewiß nicht?«

Ich beteuerte es nochmals. – Ja, hart grenzen im Leben das Entsetzliche und das Komische aneinander ...

»Und du glaubst wohl auch gar nicht, daß er noch immer wandert?«

Auch dies verneinte ich.

Er nickte befriedigt. »Dasselbe hat mir auch der Deutsche in der Sägemühle gesagt, und es ist am Ende wirklich nicht wahr. Es gab freilich eine Zeit, wo ich fest daran glaubte und sehnlichst wünschte, ihm einmal zu begegnen. Und eines Abends – so vor neun Jahren, in der Dämmerung –, ich wanderte eben auf der Heerstraße gegen Kolomea – ach, wie seltsam das war, aber wozu es erzählen? Kurz, der Ewige Jude war es nicht, und wenn ich es recht überlege, so kann die Geschichte eigentlich gar nicht wahr sein. Der Heiland hätte ja längst verziehen, er, der Milde, Erbarmende, hätte ihn längst sterben lassen. Ja, jener Jude Moschko, oder wie er sonst hieß, hatte es gut: Er konnte zu einem Lebendigen flehen, und dieser hat ihn gewiß erhört. Ich jedoch, der ich es mit einem Toten zu tun habe …, aber das sagte ich schon einmal, und du kannst es doch nicht verstehen. Da müßtest du alles wissen, Herr, alles, wie es nacheinander gekommen ist. Und ich weiß nicht, ob du es …« Er stockte und blickte mir scheu ins Antlitz.

»Ob ich es hören möchte?« fragte ich und sagte ihm, welchen Anteil ich an seinem Geschick nähme.

Sein Antlitz erhellte sich. »Siehst du«, sagte er, »so haben auch schon andere zu mir gesprochen, freilich nur wenige im Lauf der langen Jahre; aber wenn es geschah, so wärmte es mir recht das Herz. Denn wenn man so einsam ist – selbst das wilde Tier im Walde hat es besser als ich … Aber was klage ich da, statt zu erzählen? Nun, wo fange ich nur an?«

Er blickte lange sinnend vor sich nieder, schüttelte den Kopf und bewegte die Lippen. Dann begann er: »Ja, auch dies gehört dazu, nämlich, wer meine Eltern waren. Ich habe oft darüber nachgegrübelt, ob nicht damit schon mein Schicksal besiegelt war. Dies ist gewiß nicht richtig, aber – hast du schon gesehen, wie die Leute hier in jenen Tälern, die von häufigen Überschwemmungen heimgesucht sind, ihre Hütten bauen? Zuerst wird ein Felsstück abgesprengt und zur Stelle geschafft; das ist freilich nur eben der Grundstein und nicht die Hütte selbst, und dennoch ist damit schon entschieden, wie groß diese wird und ob ihre Wände gerade aufstehen können. Ja, Herr, das ist schon durch das Felsstück entschieden!

Ich bin da unten in der Ebene geboren, im Dorfe Solowince bei Hussiatyn, nahe der Grenze. Es ist ein reiches, schönes Dorf mit herrlichen Obstgärten und fruchtbaren Feldern; man findet keines auf zwanzig Stunden in der Runde, das sich mit ihm messen könnte. Nun, und der reichste Bauer in diesem Dorfe war mein Vater; Thodor hieß er, Thodor Barlenkowicz. Wenn ich so heute an ihn denke und sein Bild vor mir auftaucht: das breite, rote, fröhliche Gesicht, die stattliche Gestalt, vom feinen Serdak mit den Silberknöpfen umschlossen, und das goldene Kreuz des Kaisers vorn auf der Brust, dann wird mir eigen zumute. Der Vater! – Er ist schon lange tot, und ich habe ihm vielen, bitteren Kummer bereitet – und dennoch, Herr, dennoch ...

Nein! Ich will nicht anklagen, nur berichten. Mein Vater hatte nichts ererbt; die bitterste Armut, ein elendes Leben schienen ihm vorbestimmt, und dennoch stieg er wie im Fluge zu Reichtum und Ansehen empor. Denn wohin er kam, war er wohlgelitten, was er anfaßte, gelang ihm. Warum? ›Weil der Thodor eben von je Glück hatte‹, meinten die Leute, aber damit ist noch nichts gesagt. ›Weil ich brav und fleißig war‹, pflegte er selbst zu sagen, aber daran lag es nicht allein; auch andere sind's und sterben als Knechte oder verkommen, selbst wenn sie als Bauern begonnen. Der wirkliche Grund war, daß mein Vater die Gabe hatte, sich der Menschen Herz rasch und sicher zuzuwenden, daß er jedem erfreulich war. Er war hübsch und lustig, sehr hübsch und sehr lustig, er machte sich das Herz leicht und anderen nicht schwer; was schwarz und weiß ist, wußte er ganz genau, aber wenn es andere nicht sahen, so drängte er ihnen seine Weisheit nicht auf. Es war keine Absicht dabei, nicht die List, die Herzen zu ködern, sondern Gott hatte ihm in seiner Gnade diese Gemütsart beschert wie das hübsche Gesicht. Nie habe ich einen Menschen gefunden, mit dem so angenehm zu verkehren war wie mit meinem Vater, freilich auch keinen, der ... Doch davon später, es will mir ohnehin nicht recht über die Lippen. Also kurz: mit ihm zankte niemand, ihn befehdete niemand, ihn beneidete niemand. Dies letzte ist mir, je vertrauter mir der Menschen Art wurde, immer als das merkwürdigste von allem erschienen. Nicht sieben Todsünden gibt es, Herr, sondern nur eine, eben den Neid, der faßt alle anderen in sich. Mein Vater war auch davor behütet, und wühlte sich irgendein verbitterter Mensch im Dorfe so recht in den Groll gegen den fremden Emporkömmling hinein, so brauchte mein Vater bloß auf ihn zuzutreten und ihm einige freundliche Worte zu geben, und auch er stimmte in das Lied der anderen ein: ›Nun ja, unser Thodor da! Dem gelingt alles, aber wenigstens ist das Glück diesmal an keinen Unrechten gekommen!‹ Und dies will um so mehr bedeuten, als meines Vaters Glück wirklich beispiellos war.

Höre nur, wie es sich mit ihm fügte! Er war armer, blutarmer Taglöhner Kind, drüben in einem Gebirgsdörfchen der Bukowina. Die Mutter starb früh, der Vater gab den fünfjährigen Knaben als Hirten zu einem wenig bemittelten Bauer im selben Dorfe in den Dienst, ging nach Czernowitz und kümmerte sich nicht weiter um sein Fleisch und Blut. Das war so der Anfang, und schlimmer hätte er ja kaum sein können. Aber was folgt nun? Der Bauer behandelt den Knaben anfangs hart genug und gibt ihm zu vielen Schlägen wenig Brot, bis ihn das hübsche Gesicht, das geweckte Wesen gefangennimmt. Er ist Witwer und hat einen einzigen, kränklichen Sohn; als dieser stirbt, nimmt er den Jungen an Sohnes Statt an. Das heißt, dies gelobt er ihm und hält ihn auch von Stund an wie einen rechten Sohn, aber aufgeschrieben wird es nicht, und als der Bauer plötzlich stirbt, legen die Verwandten die Hand auf das geringe Erbe, und der Fremde geht leer aus. Gewiß ein Unglück, aber da ist auch schon das Glück wieder zur Stelle. Das ganze Dorf weiß um das Versprechen des Toten. Jeder bemitleidet den armen Jungen, der in seinem zwölften Jahre nun schon zum zweiten Male verwaist ist, und der Richter nimmt ihn in sein Haus. Der reiche Mann hat eine einzige Tochter, ein gutes, sanftes Geschöpf, aber häßlich wie eine Eule. Natürlich verliebt sie sich in den schönen Jüngling, der neben ihr aufwächst, der Vater hat auch nichts dagegen; der Thodor ist ja ein so lieber, flinker, fröhlicher Mensch. Dieser aber hätte eigentlich sehr viel dagegen; ernstlich graut ihm vor allem Häßlichen und daher auch vor der guten Stasia, zweitens fürchtet er das Gerede der Leute, wenn er auf solche Weise zu Geld und Gut kommen sollte, aber was will er tun? Nein sagen ist unmöglich, die Vernunft, die Dankbarkeit verbieten es; als der Alte meint, daß es nun Zeit zur Verlobung sei, ist der Jüngling derselben Meinung. Die Verlobung wird gefeiert; das Gerede ist gutmütiger, als zu befürchten war – alles steht aufs beste. Einen ärmlichen Besitz hat der Glückspilz durch den Tod seines Pflegevaters verloren und eben dadurch einen zehnfach größeren gewonnen! Aber da wiederholt sich dasselbe Spiel. Der Kaiser braucht Soldaten, mein Vater wird rekrutiert. Abermals ein furchtbares Unglück! Damals den weißen Rock anziehen hieß für zwanzig Jahre Abschied nehmen. Die Stasia weint sich die Augen blind und schwört, daß sie so lange warten will, aber der Verlobte glaubt es nicht und zieht davon, zum erstenmal in seinem Leben traurig und hoffnungslos. Aber gottlob, noch hat er dasselbe Gesicht, dieselbe Gemütsart! Ein hoher Offizier nimmt ihn als Diener zu sich; im Kriege gegen die Türken wird sein Herr krank, und er rettet ihm durch treue Pflege das Leben. Eine reiche Belohnung, des Kaisers Kreuz und der Abschied sind sein Lohn. Er darf heimkehren – zwei Jahre sind's, seit er gegangen, aber sie haben viel verändert. Nur der Richter lebt noch, die Stasia ist tot. Noch drei Jahre haust der Heimgekehrte mit dem alten Mann, dann stirbt dieser, und tritt das Erbe an. So hat ihm jener Schlag, der anderen Hoffnung für immer knickt, nur die häßliche Frau erspart, Geld und Ehre eingebracht. Der Sohn des Taglöhners ist nun der reichste Mann in seiner Gemeinde. Aber sein Sinn steht nach Höherem, als im kleinen Dörfchen im Gebirge das Leben zu verbringen. Er macht seinen Besitz zu Geld und sucht in der fetten Ebene ein preiswürdiges Anwesen. In Solowince steht ein stattlicher Hof frei, er erwirbt ihn.«

Plötzlich, mitten im Fluß der Erzählung, unterbrach sich der Greis. »Glaubst du mir das alles?« fragte er scharf. »Ich meine, weil es wie ein Märchen klingt.«

»Das finde ich nicht«, erwiderte ich. »Der Zufall ...«

»Es war ja kein Zufall!« fiel er mir heftig ins Wort. »Nichts ist Zufall auf Erden, merke es wohl, du junger Mensch, der du noch viel Leid erfahren, noch manche Schuld auf dich wirst laden müssen – nichts! Unser Wesen ist's, daß unser Schicksal bestimmt, und bei meinem Vater waren es das hübsche Gesicht und das fröhliche Gemüt. Aber warum gibt sie Gott dem einen und versagt sie dem anderen?« Und Hand und Antlitz zum Himmel emporhebend, stieß er in höchster Erregung hervor: »Warum hast du mich nicht auch schön und lustig werden lassen, du da droben?«

Viel Seltsames hatte ich bereits aus diesem Munde vernommen, nichts konnte mich absonderlich berühren als dieser bittere Klageruf von den Lippen eines siebzigjährigen Greises. Dann aber legte er die Hand an die Stirne. »Ich bin das Reden so wenig gewohnt, und nun gar das Erzählen ... Habe ich dir schon gesagt, wie mein Vater freite? Nicht? Nun, es geschah erst einige Jahre später, nachdem er sich in Solowince angekauft.

Natürlich hatte er es auch da von Anbeginn so gut wie überall. Siedelte sich sonst ein Fremder in einer Gemeinde an, so muß er mindestens durch ein Jahr und oft sein Leben lang die Hölle ausstehen. Ihm waren nach wenigen Monaten alle Hausväter freundlich und wohlgesinnt. Und nun erst die Mädchen! Er aber zögerte lange, weil es ihm schmeichelte, auf fünf Meilen in der Runde der beste Freier zu sein, und dann war ihm eben keine schön und vornehm genug. Nach Reichtum ging sein Streben nicht, und wenn ihm je ein solcher Gedanke gekommen wäre, er hätte ihn sofort niedergekämpft um des Geredes der Leute willen. Denn er wollte Lob verdienen, immer und von allen, er schmachtete darnach wie ein Verdurstender nach dem Wasser! Und seine Verheiratung war ja hiezu nicht bloß die beste Gelegenheit, sondern auch eine solche, die sich nur einmal im Leben bot! Denn mein Vater war – ich weiß nicht, wie ich es nennen soll –, er hatte zum Beispiel eine wirkliche, ehrliche Freude an einem schönen Gesicht, während ihn ein häßliches wahrhaft schmerzen oder doch verdrießen konnte, und auch dies hat seine spätere Wahl sicherlich bestimmt. Aber nicht nur deshalb hielt er just um jene Schöne, Gute an, die später meine Mutter wurde, sondern gewiß auch, weil er sich wahrhaft in sie verliebte. Sie war so arm, daß ihre ganze Mitgift in eine kleine Truhe ging, aber das schönste Mädchen weit und breit und noch dazu eines Pfarrers Tochter. Der Vater war ihr früh weggestorben, und sie lebte mit ihrer Mutter in einem Nachbardorfe in großer Dürftigkeit. Gleichwohl sträubte sich die alte Frau lange gegen die Werbung, denn wann hatte man je gehört, daß eines Pfarrers Tochter einen Bauern nahm? Endlich gab meine Großmutter nach, weil alle Leute es als Glück priesen, weil der Freier so sehr drängte und bat. Und warum wandte er, dem sonst alle Türen offenstanden, hier so unsägliche Mühe auf? Aus Liebe – gewiß! Aber auch deshalb, weil seine Erwählte arm war und daher alle Welt von seinem Edelmute sprechen, weil sie nicht seines Standes war und alle Welt sagen mußte: ›Eines Pfarrers Tochter – das bringt doch nur unser Thodor zustande!‹«

Doch da faßte den Greis die Reue. »Was sprech' ich da?« murmelte er. »Siehst du, das kommt vom unseligen Alleinsein! Da gewöhnt man sich, alles vor sich hin zu sagen, was sich in den verborgensten Winkeln des Herzens regt. Nein! ich mag selbst nicht daran glauben, was ich jetzt gesagt. Denn nichtswürdig wäre der Mann gewesen, der dieses Weib mit einem anderen Gedanken in sein Haus geführt hätte als mit dem Gebet zu Gott: ›Ich danke dir! Du hast mich die Beste und Schönste auf dieser Welt finden lassen!‹ Ja, gewiß, so hat auch mein Vater gedacht, und ich bin überzeugt, daß es nach der Hochzeit keinen fröhlicheren, keinen glücklicheren Menschen gegeben hat als meinen Vater. Sein Anwesen gedieh, sein junges Weib blühte, alle Welt rühmte ihn, seine Wahl, sein Glück – er muß wie trunken vor Seligkeit gewesen sein. Und nun sollte ihm auch der beste Segen zuteil werden: ein Kind. ›Gebt acht‹, sagte er seinen Nachbarn, ›was das für ein Junge wird!‹ – ›Und wenn dir der Himmel ein Mädchen schenkt?‹ warfen sie ein – ›Es wird ein Knabe‹, erwiderte er. ›Ich bin ja Thodor der Glückspilz. Ein Knabe, licht und schön wie der junge Tag und stark wie eine Tanne im Gebirge.‹

Ich kam an einem Sonntag zur Welt, da just die Glocke zur Kirche rief. ›Ein Knabe!‹ jauchzte mein Vater auf und konnte kaum erwarten, mich zu sehen. Die Pflegefrau, die alte Sofka, die mir dies erzählt hat, mußte ihn erst daran erinnern, daß der erste Kuß der Mutter gebühre. Meine Mutter sagte nichts, als sie mein Antlitz erblickte, sie küßte es schweigend, vielleicht auch sah sie es nicht deutlich, weil die Tränen des Glücks aus ihren Augen fluteten. Mein Vater aber wurde ganz bestürzt: ›Um Gott‹, seufzte er auf, ›wird er schön?‹ Die Sofka schalt tüchtig auf ihn ein: ›Ist das Euer erster Gedanke? Ein gesunder, starker Knabe, und noch obendrein zur Stunde des Sonntagsläutens geboren – Ihr solltet dem da droben auf den Knien danken, Thodor! Übrigens haben alle Neugeborenen dasselbe Gesicht, und ob's ein Affe oder ein Engel wird, kann heute niemand sagen!‹ Dies letzte war ihm ein Trost, und als er des Nachmittags zur Schenke kam, ließ er, was weit über seine Kräfte ging, den Leuten drei Fässer Schnaps vorsetzen. ›Der schönste Junge‹, rief er übermütig, ›mag auch mit dem größten Rausch gefeiert werden, den das Dorf je gesehen!‹ Am nächsten Morgen, nachdem die Leute leidlich nüchtern geworden, kamen sie in hellen Haufen in unser Haus, um schon aus Dankbarkeit das Wunderkind anzustaunen. Natürlich mußten sie unverrichteterdinge abziehen, aber dies steigerte ihre Neugier, und wochenlang war von nichts anderem die Rede als von meiner Schönheit. ›Ja, unser Thodor!‹

Meinem Vater, so geflissentlich er seinerzeit diese Reden nährte, wurde bei alledem doch allmählich immer schwüler. Täglich besah er mein Antlitz stundenlang und quälte dann die Sofka und meine Mutter mit Fragen. Die Alte schalt, meine Mutter weinte, er aber bohrte sich immer mehr in den Gedanken ein, ich müßte ein schöner Junge werden, sonst sei er für ewig dem Spott des Dorfes verfallen. Nun aber ward ich in Wahrheit immer häßlicher. Die breiten Backenknochen wurden sichtbar, der breitgeschlizte Mund, die tiefliegenden Augen. Wären einer Mutter Tränen ein Schönheitswasser, ich wäre ein Engelsbild geworden! Die Miene, mit der mich mein Vater betrachtete, traf sie jedesmal ins Herz, und als er ihr vollends verbot, mich jemals vors Haus, auf die Gasse zu tragen, da bäumte sie sich dagegen auf, so sanftmütig und gehorsam sie sonst war. ›Es ist mein Kind‹, schrie sie auf, ›ein gesunder, kräftiger Junge! Versündige dich an Gott nicht, der ihn uns geschenkt! Wenn es noch ein Mädchen wäre, aber so … Thodor, bist du wahnsinnig, daß du dich seines Gesichtes schämst?‹ Er jedoch: ›Niemand darf das Kind sehen, das Gerede ist zu groß; sie würden mich verhöhnen, und das könnt' ich nicht überleben!‹ Sprach's, ging zur Schenke und ließ dort jedem das Glas füllen, der nach dem Wunderjungen fragte.

So bereitete sich langsam die erste schwarze Stunde meines Lebens vor – ach, eigentlich war's schon die zweite und die erste jene, da ich als dieses Vaters Sohn mit diesem Gesichte zur Welt kam … Also, an einem Ostersonntag begab sich dies – ich war damals kaum zwei Jahre alt. Die Leute im Dorfe hatten mich natürlich schon gesehen; weil aber die Leute aus Schonung ihm gegenüber von mir schwiegen, wußte er um so mehr zu erzählen. Du wirst dies begreifen, Herr, es lag in seinem Wesen. Nun, die anderen gönnten ihrem gutherzigen Freunde das billige Vergnügen, aber der Richter, ein ernster, grämlicher Mann, schüttelte den Kopf und sagte endlich laut: ›Genug gelogen, Thodor! Wer wird so eitel sein! Der Junge ist häßlich wie die Nacht, aber dafür kannst du ja nichts. Ein tüchtiger Mensch kann er deshalb doch werden!‹ Einige lachten auf, andere blickten verlegen zu Boden, mein Vater aber wurde blaß wie ein Linnen, stammelte einige unverständliche Worte und ging heim. ›Diese Schmach überlebe ich nicht!‹ sagte er meiner Mutter, ging verstört im Hause umher und traute sich erst nach vier Tagen wieder auf die Gasse. Von dieser Stunde ab hat mein

Vater mich, das schuldlose, zweijährige Kind – ach, Herr, es will schwer über die Lippen ...«

»Ich verstehe«, sagte ich. »Er haßte Euch!«

»Aber deshalb ist er nicht zu verdammen«, sagte der alte Mann seufzend. »Und wenn etwas – bald hatte er mehr Grund dazu! Höre, wie es sich ferner fügte und welches Schicksal von Anbeginn über meinem Leben war. Ein Jahr später wurde meinen Eltern ein Töchterlein geboren, und alle Freuden, die ihnen bei mir versagt geblieben, schienen ihnen in diesem Kinde aufzublühen. Marinia wurde es getauft, nach meinem Mütterchen, und glich ihm ganz und gar; goldhaarig war es und blauäugig, ein rechtes Engelsgesicht. Ich weiß nicht, ob ich dies von eigener Anschauung her weiß oder aus Erzählungen der alten Sofka; aber mir ist's, als wäre es meine erste Erinnerung, wie ich an der Wiege meines Schwesterleins sitze und ihm ins helle, rosige Gesichtchen schaue ... Mein Vater, erzählte mir die Sofka, litt dies nicht gerne. ›Der Matko‹, pflegte er zu sagen – so ist nämlich mein Name, Herr, Matko Barlenkowicz –, ›hat so düstere Augen, am Ende hat er den »bösen Blick«!‹ Ja, der eigene Vater hat dies furchtbare Wort zuerst ausgesprochen! Aber auch dies ist ihm vielleicht nicht allzu schwer anzurechnen – eine dunkle Ahnung mag ihn gewarnt haben. Denn wenn dies holde Kind schon nach zwei Jahren dahinstirbt, so war dies eigentlich meine Schuld.

Siehst du, ich war ein sehr einsames Kind! Mütterchen und die alte Sofka hatten mich wohl sehr lieb, waren aber in der Wirtschaft beschäftigt; mit anderen Kindern durfte ich nicht spielen, weil mein Vater es verboten, und wenn ich allerdings schon deshalb düstere Augen hatte, weil mich eben der da oben so geschaffen, so geschah doch auch nicht viel, um mein Antlitz aufzuhellen. Nun aber kann ein Kind alles vertragen, nur das Alleinsein nicht; ich sehnte mich nach einem Gespielen und war ganz glücklich, als ich ihn gefunden hatte. Das war ein etwa fünfjähriger Knabe, der aus einem anderen Grund mit den anderen nicht spielen konnte, weil er nämlich verkrüppelt war, an beiden Füßen gelähmt. Valerian hieß dieses arme Bürschchen und war eines Häuslers Sohn, dessen dürftige Hütte hart an unserer Gartenhecke stand. Als ich ihn zuerst durch das Gesträuch erblickte, wie er so unbeweglich dasaß und mit dem bleichen, verkümmerten Gesichtchen traurig vor sich hin starrte, empfand ich ein Grauen vor ihm; dann aber gewöhnte ich mich an den Anblick und bohrte mir einen Weg durch die Hecke; endlich waren wir täglich beisammen und spielten mit den Sachen, die ich ihm zutrug. Meine Mutter litt es gerne; eines Morgens jedoch, als ich wieder in den Garten eilen wollte, hielt sie mich angstvoll zurück: ›Du darfst nicht zum Valerian; er ist krank.‹ Ich aber dachte: Das ist er ja immer! – Und schlich mich doch zu meinem Kameraden. Er saß nicht auf dem Vorsprung vor dem Hause wie gewöhnlich – dorthin trugen ihn seine Eltern, wenn sie zur Arbeit gingen –, und ich mußte lange rufen, bis er mir mit seinem schwachen, zwirndünnen Stimmchen Antwort gab; er lag in einem Winkel der Stube, auf einer Streu gebettet. ›Denke dir nur‹, sagte er, ›ich habe die Blattern und muß sterben‹ – aber nicht etwa kläglichen Tones, sondern mit jener Freude, welche Kinder äußern, wenn sie eine wichtige Neuigkeit erzählen können. Auch ich hörte es ohne Schmerz. ›So?‹ sagte ich. ›Dann komme ich eben auf den Friedhof, um mit dir zu spielen!‹ Erst als ich sein furchtbar entstelltes Antlitz sah, begann ich mich zu fürchten; dann aber spielte ich doch mit ihm, und von seinem Lager hinweg ging ich zu meinem Schwesterchen. Nun, am nächsten Morgen lagen wir beide danieder. Valerian starb, mein Schwesterchen starb, ich aber kam fast ohne Schmerzen davon.«

Er seufzte tief auf, dann fuhr er fort: »Damals, am Sarge seines Lieblings, hat mein Vater mir zuerst jenes furchtbare Wort, welches seither für immer mein Begleiter gewesen ist, ins Gesicht geschleudert: ›Hinweg vom Sarge, du Unhold, du hast das Kind mit deinem »bösen Blick« getötet!‹ Ich war wenig über fünf Jahre alt, aber wie mich dies traf, kann ich nicht sagen. Zu seiner Entschuldigung jedoch muß ich noch anführen, daß er in jenem Augenblicke auch überdies um das Leben meiner Mutter zittern mußte. Sie trug ein

Kind unter dem Herzen; der Schreck, der Schmerz warfen sie nieder; eine Woche rang sie mit dem Tode ... Aber Gott war barmherzig; sie wurde gerettet. Auch das Kind, welches zu früh zur Welt gekommen, blieb am Leben; das war mein – mein Bruder Hawrilo.«

Er stieß diese Worte so mühsam hervor, daß ich verwundert aufblickte. Auch seine Züge waren verzerrt, er mußte sich mühsam zur Ruhe zwingen.

»Später«, murmelte er. »Später! Zuerst von mir und wie ich es im Hause hatte. Schlecht, Herr, und je älter ich wurde, immer schlechter. Mein Vater schlug mich nur selten; er vermied es, mich anzusehen, so groß war seine Abneigung, und sogar am Mittagstische wollte er mich nicht dulden, was doch dem letzten Knecht gestattet war. Darin freilich mußte er der Mutter nachgeben, aber als er mir verbieten ließ, mich je der Wiege meines Brüderchens zu nähern, da blieben ihre Einwendungen vergeblich. ›Soll ich auch für dies Kind zittern müssen?‹ schrie er auf, und sie verstummte. Eine Schule gab es im Dorfe nicht; mit den Knaben der Nachbarschaft durfte ich nicht spielen, und setzte ich mich über dieses Verbot hinweg, so stießen sie mich zurück. Warum? Weil ich nicht bloß düster und häßlich, sondern auch dessen wohl bewußt war; dies machte mich scheu und empfindlich, und wenn ich mit dem besten Willen zu guter Freundschaft auf sie zutrat, so gab es doch nach wenigen Minuten Prügel, und zwar ernsthafte, böse Prügel, nicht solche, welche eine Freundschaft unter Knaben einleiten und begründen. Insbesondere trieb mich eines zur Verzweiflung, so daß ich dann wie ein Wütender um mich hieb, wenn sie mir entgegenriefen: ›Fort! Du hast den »bösen Blick«!‹

Wie es in mir aussah, ist nicht leicht zu sagen. Gut und liebreich ward mein Herz gewiß nicht. Sieh dir jenes kümmerliche, verkrüppelte Bäumchen dort an – warum ist er so schief gewachsen und nicht in den Himmel hinein wie die anderen? Weil es sich im ewigen Schatten des Felsens emporringen mußte, an einer Stelle, wohin die Sonne niemals dringt. Auch ich hatte wenig, sehr wenig

Sonne. Meine Mutter tat mir so viel Liebes an, als sie irgend durfte, aber ich teilte ihr Herz mit meinem Bruder, und daß nicht mir der größere Teil an Liebe zufiel, war natürlich! Denn der Hawrilo glich ja dem Vater: ein hübsches, lustiges Bürschchen, das jeden Fremden anlachte und jedem die Ärmchen entgegenstreckte. Mein Vater strahlte vor Freude, wenn er ihn den Besuchern wies, und oft genug hörte ich ihn sagen: ›So hat mich der Himmel für meine Marinia entschädigt und für – meinen Erstgeborenen!‹ Ich preßte die Lippen fest aufeinander, wenn ich dies hörte, pfiff meinem Britan und ging in die Heide. Da kauerte ich ins hohe Gras nieder und brütete vor mich hin. Seltsam – es fällt mir eben ein! Ich erinnere mich nicht, jemals als Kind geweint zu haben, so todtraurig mir auch ums Herz war. Denn es ist eine Torheit, zu glauben, daß Kinder ein Leid nicht empfinden können; es zerreißt ihnen das Herz just wie den Erwachsenen, und manches – so die Ungerechtigkeit – empfinden sie noch schmerzlicher. Mein Britan aber lag zu meinen Füßen und leckte mir die Hand. Wenn ich mein Mütterchen ausnehme und höchstens noch die Sofka, so war dieser Hund das einzige Geschöpf auf Erden, welches Freundlichkeit für mich empfand. Vielleicht rührte dies daher, weil wir ein ähnliches Geschick hatten; auch ihn sah jeder im Hause schief an, auch er war häßlich und machte immer ein Gesicht, als ob er beißen wollte, obwohl er lammfromm war.

Dies letztere kann ich freilich nicht von mir sagen. Mit jedem Jahr, mit jeder Woche sah es dunkler und häßlicher in mir aus. Oh, wen ich alles beneidete! Jeden hübschen Menschen um sein Gesicht, jeden fröhlichen um sein Lachen, jeden Knaben um seine Gespielen, jedes Kind um die Liebkosung seiner Eltern! Vor allem beneidete ich ihn, den kleinen Popanz mit dem rosigen Gesichtchen, das Prinzlein im Hause! Er hatte es so gut – und ich, war ich nicht auch meines Vaters Fleisch und Blut und sogar der Erstgeborene? Ja, Herr, es muß gesagt sein: Kaum zehn Jahre war ich alt, als mich schon ein stiller Grimm schüttelte, sooft mir das Kind in den Weg kam, und je mehr es heranwuchs, desto größere

Ursache hatte ich auch zu diesem Grimme. Denn ich freilich durfte nicht an den Jungen heran, aber er an mich. Noch nicht fünf Jahre war das Knirpschen alt, da kannte er schon kein größeres Vergnügen, als mit der Gerte auf mich loszuschlagen. Litt ich dies nicht und entriß ihm die Gerte, so schrie es so lange, bis der Vater herbeieilte und mich furchtbar züchtigte; da stand dann das Kind daneben und lachte über das ganze Gesicht. Meine Mutter war ganz unglücklich darüber; ihr Trost war nur, daß der Hawrilo sonst jedermann gegenüber freundlich war – ich sagte schon: ganz wie der Vater, und er war natürlich auch der Liebling aller Leute im Dorfe. Ich habe später viel darüber gegrübelt, warum er just gegen mich so war? Ahnte er meine Gesinnung, hatte auch er den Abscheu vor allem Häßlichen? Und noch mehr habe ich aus jener Zeit zu erzählen. Kaum vierzehn Jahre war ich alt, als bereits eine so wüste und fürchterliche Stunde in mein Leben trat, wie sie wenige Menschen zu durchleben verdammt sind und vielleicht niemand vor mir in diesem Alter!

Vorausschicken muß ich, daß das Gerede von meinem ›bösen Blick‹ im Dorfe immer mehr angewachsen war. Einen tatsächlichen Grund hatte dies nicht; ich hatte damals noch keinem Menschen ein Unglück zugefügt, wahrscheinlich blitzte mir nur der Neid immer unheimlicher aus den Augen. Was ich selbst darüber dachte, war sehr verschieden, je nachdem sich das Böse oder das Gute in meinem Herzen regte. Manchmal wollte mir der Schmerz darüber, daß mir die Menschen solches zutrauten, die Brust zersprengen, und ich flehte Gott an, daß er ihnen diesen Wahn nehme; dann wieder bohrte ich mich immer tiefer in die grauenhafte Vorstellung hinein und dachte: Möglich ist es doch! Man erzählt so viele Beispiele von anderen, welche diese Kraft haben! – Ach, Herr, dies ist ja gräßlich, aber bedenke, wie einsam und schwach und verfolgt ich mich fühlte; das war ja eine Waffe für den getretenen Knaben, der nichts auf der Welt hatte, nicht einmal rechte Gelegenheit zur Arbeit, denn mein Vater verwendete mich nur sehr ungern in der Wirtschaft. So begann ich an die Kraft in mir zu glauben, und nur noch vor einem schauderte ich zurück, etwa absichtlich, mit bösem Willen einen Versuch zu machen. Aber auch dies kam – barmherziger Gott! –, es kam die Stunde ...

Ich sehe noch alles vor mir und weiß, wie es sich zugetragen, alles, obwohl es weit über fünfzig Jahre her sind ... Es war ein Sonntag im Sommer; sie waren zur Kirchweih gegangen, Vater, Mutter, das Gesinde. Nur ich war daheimgeblieben und mein Bruder, dann eine junge Dirne – auch ihren Namen weiß ich noch: Xenia, sie war blond und mager und hatte immer den Mund offen –, die sollte das neunjährige Kind überwachen. Ich kümmerte mich nicht um sie, pfiff dem Britan und ging in den Garten; dort schüttelte ich mir einige reife Äpfel herab und begann sie zu essen. Während ich so saß – der Hund lag neben mir –, kam der Knabe in den Garten. In meine Nähe traute er sich nicht, das tat er nur, wenn er den Vater im Hause wußte. So begann er denn, von ferne dem Hunde zu pfeifen, nur um ihn von mir wegzubringen, weil er wußte, daß das Tier meine einzige Freude war. Denn was unseren Haß betrifft, da waren wir älter als unsere Jahre. – Also, der Knabe pfeift; ich höre es ruhig an. Da kannst du lange locken, denke ich, der Britan gehört zu mir, und von dir hat er ja nur Schläge bekommen. Aber wie wird mir, als ich sehe, daß der Hund aufsteht und zu wedeln beginnt! ›Kusch dich‹, murmle ich, aber der Hund bleibt stehen und wedelt nur stärker. Noch einmal pfeift der Hawrilo, da macht der Hund einen Satz gegen ihn. ›Hierher, Britan!‹ schreie ich auf; ich weiß nicht, Herr, was mir damals ein noch größeres Weh hätte bereiten können; mir ist das Herz stillgestanden. Der Hund kehrt zurück und beginnt zu winseln. Da ruft und lockt der Knabe mit seinem süßen Stimmchen – und süß war es wirklich, Herr, wie eine Flöte klang es –, und der Hund, mein einziger Gefährte, das einzige Wesen, das zu mir gehört, reißt sich, obwohl ich ihn am Fell fasse, gewaltsam von mir los und springt mit einem Freudengebell auf den Knaben zu und leckt ihm die Hände. Ich stürme auf meinen Bruder los. ›Laß von dem Hunde!‹ schrei ich. – ›Wenn er aber nicht bei dir bleiben will, du Häßlicher!

Dir ist nicht einmal ein Hund zu gönnen.‹ – Ich hebe die Faust, da reißt mich eine Hand zurück. Es ist Xenia. Sie geht mit dem Kinde wieder vors Haus, der Hund folgt ihnen. Ich aber werfe mich ins Gras nieder und drücke das Antlitz an die Erde, und in mir war die Hölle – die Hölle, wie später nur noch ein einziges Mal im Leben. Wie lange ich so gelegen bin, ich weiß es nicht, aber was ich dachte, als wäre es mir eben durch den Sinn gegangen, so genau weiß ich's: Räche dich, tue ihm Böses ... Du hast ja den ›bösen Blick‹ ... Du kannst es ja! – Dunkel war's schon, als ich mich erhob und gegen das Haus wankte. Noch war alles still, die Eltern, die Leute konnten noch nicht zurück sein. Nur in der Kammer, wo die Xenia mit dem Kinde schlief, war Licht.

Ich trete ans Fenster – der Knabe liegt in seinem Bette, der Hund hat sich daneben auf den Estrich hingestreckt, das Mädchen ist unfern, auf einem Stuhle sitzend, eingenickt. Ich schleiche zur Türe, ich klinke sie leise auf; beide schlummern ruhig weiter, nur der Hund knurrt, als ich nahe. Da beuge ich mich über den Schlafenden und schaue ihn an ... Und schaue ihn an, Herr, und alles Leben ist nur noch in meinen Augen; ich höre nicht, was um mich vorgeht ... Meine Mutter ist heimgekehrt, sie ist zuerst ans erleuchtete Fenster getreten und hat entsetzt aufgeschrien, als sie ihren Knaben mit diesen Mienen über das Antlitz seines Bruders gebeugt sah – der Ruf ist nicht an mein Ohr gedrungen. Ich taumle erst empor, als sie in die Stube stürzt und mich wegreißt. ›Matko!‹ schreit sie gellend. ›Was willst du mit dem Kinde?‹ Der Knabe erwacht, der Hund bellt auf, ich aber stürze meiner Mutter ohnmächtig vor die Füße hin ...

Als ich aus der tiefen Ohnmacht wieder zum Bewußtsein erwachte, lag ich in meinem Bette und fühlte etwas Heißes über meine Wangen rinnen; das waren die Tränen meiner Mutter, die ihr Antlitz über mich beugte. ›Du lebst!‹ stammelte sie. ›Du lebst!‹ schrie sie auf und beugte sich näher zu mir nieder, um mich zu küssen. Da jedoch wich sie, noch ehe mich ihre Lippen berührt, jählings zurück; ihre Züge verzerrten sich, ein Grauen schien sie zu übermannen. Aber sie überwand es. ›Mein Kind!‹ schluchzte sie. ›Mein armes Kind! Wir allein sind an allem schuldig!‹ Wie betäubt ließ ich ihre Worte, ihre Küsse und Tränen über mich ergehen, und ebenso stumpf litt ich es, als sie plötzlich gellend aufschrie: ›Entsetzlicher, was hast du vorgehabt!‹ – ›Frau‹, rief die alte Sofka schluchzend – ich merkte nun erst, daß auch sie in meiner Kammer war –, ›geht zu Bette! Ich wache bei ihm!‹ Da schlich meine Mutter hinaus, es wurde still um mich, das Lämpchen gab nur mehr schwachen Schein, aber kein Schlaf senkte sich auf meine brennenden Lider. Ich hatte nur eine dunkle Vorstellung von dem, was sich in meiner Seele begeben, aber eine qualvolle, fieberhafte Unruhe rüttelte meine Glieder. ›Fort!‹ stammelte ich, und die alte Frau in der Ecke wiederholte wie ein Echo: ›Fort! – Ja, armes Kind, das wird das beste für euch alle sein!‹

Und so kam es auch. Als ich am nächsten Morgen erwachte, trat meine Mutter bei mir ein. ›Höre, Matko‹, sagte sie, ›du mußt aus dem Hause, um unsretwillen, um deinetwillen. Ich sende dich zu meiner Mutter nach Horowka. Die Greisin liebt dich, ohne dich zu kennen, du wirst es gut bei ihr haben!‹ Ein Wagen hielt vor der Türe. Noch einmal umarmten mich die beiden Frauen und winkten mir noch lange nach; meinen Vater bekam ich nicht zu Gesichte.

Es ist lange her, seit ich an jenem Sommermorgen unser Haus verließ und mit unserem Knechte Sophron ins Land hinausfuhr, aber wie mir dabei zumute war, weiß ich doch noch ganz genau – derlei vergißt sich nicht! Ich empfand kaum ein Weh, daß ich nun hinausgestoßen worden in die Fremde, aber wenn ich an das Vergangene zurückdachte, begann es schmerzhaft in meinen Schläfen zu pochen, und ich schloß die Augen aus Furcht vor mir und meinen Gedanken. Nur eine Frage füllte mir Herz und Hirn: Sogar der Britan ist ihm getreuer als mir, geschweige denn alle anderen Wesen – warum? Und ist's meine Schuld? Der Knecht – es war ein alter, brummiger Mensch, der sich sonst im guten und bösen nie und nimmer um mich bekümmert hatte – mochte Mitleid mit mir haben; er fragte, ob er mir von meiner Großmutter erzählen solle. ›Bei der wirst du es gut haben!‹ versicherte er. Ich horchte auf, an meine Zukunft hatte ich noch nicht gedacht, und begann nun eifrig zu fragen. Denn ich kannte die alte Frau nicht; ich wußte nur, daß sie ein einziges Mal unser Haus betreten, wenige Monate nach der Hochzeit meiner Eltern, und seither nie wieder. Er aber kannte sie, weil er meine Mutter einige Male von und nach Horowka gefahren; das Dorf liegt bei Sniatyn, etwa acht Wegstunden von Solowince. ›Was das für eine Art Weib ist?‹ begann er. ›Höre! Deinen Vater dürftest du nicht fragen; für Leute, die sich selbst sehr liebhaben, taugt sie schlecht; sie sagt jedem die Wahrheit, die alte Frau Katia. Auch *weiß* sie die Wahrheit – alle Heiligen! Was die für Augen hat; man glaubt immer, sie guckt einem durch und durch! Aber dabei ist sie gerecht wie – nein, etwas Ähnliches gibt es gar nicht. Die Leute in Horowka nennen sie auch nur »die Gerechte«. Aber was hast du nur?‹ unterbrach er sich. ›So ein Gesicht hab' ich ja an dir noch nie gesehen?‹ Und das muß die Wahrheit gewesen sein, Herr, wenn mein Gesicht es spiegelte, was in diesem Augenblicke in mir vorging. Gerecht! jubelte es in mir. Dann ist ja alles gut! Wie eine Offenbarung war es über mein armes, mißhandeltes und durch die Mißhandlungen hart und schlimm gewordenes Herz gekommen: Gerechtigkeit für mich – und dann ist alles gut. Ich will ja brav und fleißig sein und alle Menschen lieben, wenn sie mich nur nicht mehr verstoßen um meines Gesichts, um meiner Augen willen, für die ich ja nichts kann … Gerechtigkeit! So überwältigend war mir dieser Gedanke, daß mir plötzlich die Tränen in die Augen schossen, zum ersten Male seit langen Jahren, vielleicht seit meiner ersten Kindheit. Kopfschüttelnd sah mich der Knecht an, doch fragte er nicht weiter, und da er fühlen mochte, wie wohl mir Lobesworte über die alte Frau taten, so erzählte er mir noch einiges von ihr. Mein armes Herz zog seine Worte in sich wie die vertrocknete Erde den Regen.

In der Dämmerung kamen wir nach Horowka und hielten vor der stattlichen Hütte. Die Greisin saß auf dem Vorbänkchen neben der Türe, zu ihren Füßen spielte ein kleines goldlockiges Mädchen. ›Um Gott!‹ schrie sie auf, als sie den Sophron erkannte. ›Ein Unglück? Wen bringst du?‹ Der Knecht sagte es ihr und überreichte einen Brief meiner Mutter. Denn meine Mutter, Herr«, flocht hier der Greis mit Stolz ein, »hat als Pfarrerstochter lesen und schreiben können. Wie mir zumute war, während sie las, läßt sich nicht sagen, besonders da ich wohl bemerkte, wie sie an einer Stelle so sehr erschrak, daß das Blatt in ihrer Hand zitterte. Und noch höher klopfte mein Herz, als sie nun an mich herantrat und mich scharf musterte. Ich hielt den Blick nicht aus; meine Knie wankten. ›Komm‹, sagte sie kurz, verabschiedete den Sophron und führte mich ins Haus. Als wir an dem Kinde vorüberkamen – es mochte achtjährig sein und war so schön und hold, daß es mich schon auf den ersten Blick an mein totes Schwesterchen erinnerte –, sagte sie: ›Dein Vetter Matko, Tiana, gib ihm die Hand!‹ Die Kleine starrte mich mit weit aufgerissenen Augen an und wich zurück. ›Die Hand, Tiana!‹ wiederholte die Greisin. – ›Ich kann nicht, Babusia‹, schluchzte das Kind auf, ›ich fürchte mich vor ihm.‹ Die alte Frau sagte nichts mehr, setzte mir ein Nachtessen vor und wies mir eine Schlafstätte an. Keine Frage kam an jenem Abend über ihre Lippen.

Am nächsten Morgen trat sie bei mir ein; wieder heftete sie ihre Augen fest auf mein Antlitz. ›Babusia!‹ stammelte ich, mehr konnte ich nicht hervorbringen; ich mußte auf die Knie sinken, als drückte mich eine fremde Faust hinunter, aus meinen Augen stürzten Tränen hervor. ›Babusia, hab Erbarmen!‹ Sie zog mich sacht empor und strich mir das wirre Haar aus der Stirne. ›Ich glaube dich zu kennen‹, sagte sie langsam, wie aus tiefem Sinnen heraus. ›Denn ich kenne deinen Vater und sehe nun dein Antlitz!‹ Und dann: ›Erzähle!‹ – ›Was, Babusia?‹ fragte ich schüchtern. – ›Was du willst! Von deinen Gespielen.‹ – ›Ich hatte keine, nur – nur den Britan!‹ Und wie ich mich daran erinnerte, erstickten wieder die Tränen meine Stimme. Zum erstenmal in meinem Leben, seit der Valerian gestorben, hörte mir ein Mensch zu und fragte mich aus. Wie wirr ich auch alles vorbringen mochte, sie schien es zu verstehen. Und auch die Ereignisse des vorgestrigen Tages verstand sie. Dann atmete sie tief auf. ›Wer noch nicht lügen kann, ist zu retten‹, sagte sie vor sich hin. Und zu mir gewendet: ›Du bleibst bei mir, ich will dich immer halten, wie du es verdienst. Mehr verspreche ich nicht; in deine Hand ist es gelegt, ob dir Gutes oder Schlimmes von mir zukommen soll. Von mir und allen anderen Menschen!‹ – ›Babusia‹, stammelte ich, ›was kann ich für mein Gesicht!‹ – ›Du kannst dafür‹, sagte sie strenge. ›Merke wohl, wir können für alles, was an uns ist, nicht bloß für unser Gemüt, auch für das Antlitz! Lerne den Menschen vertrauen, mühe dich, ihnen freundlich zu nahen, tue ihnen, wie du willst, daß sie dir tun, und sie werden nimmer von deinem »bösen Blick« sprechen!‹ Ich schüttelte den Kopf. – ›Du glaubst mir nicht?‹ – Lange schritt sie sinnend auf und nieder. ›Davon hängt alles ab‹, murmelte sie und blieb dann dicht vor mir stehen. ›Hast du gestern abend das Kind an meiner Seite gesehen?‹ – ›Freilich‹, sagte ich schluchzend, ›aber es hatte ja Abscheu vor mir! Und dies schmerzte mich tief, so tief, besonders weil es mir schien, als sähe es meinem toten Schwesterchen ähnlich, das ich so sehr geliebt und dem ich dennoch Unheil gebracht!‹ – ›Faselei!‹ sagte sie scharf. ›Weder hast du an deiner Schwester Tode ein Verschulden, noch verabscheut dich dein Bäschen. Denn dies ist die Kleine, die bei mir wohnt, meines verstorbenen Sohnes Tochter. Du sollst dies auch sofort erfahren, ich rufe das Kind hierher. Gib ihm die Hand und ein gutes Wort, denke daran, welch holdes Kind es ist und gut wie ein Engelchen – und es wird auch dir freundlich sein!‹ Sie schritt zur Türe. ›Tiana!‹ Das Kind trat lächelnd ein, schlug aber die Augen nieder, als es mich erblickte, und barg sein Antlitz am Knie der Greisin. Ich aber – ich denke zuerst: Kleine Kröte, was habe ich dir getan?, dann aber kämpfe ich den häßlichen Grimm nieder, trete an das Kind heran und sage ihm einige Worte aus dem Herzen heraus: daß ich nun auch hierbleiben und ihm gerne eine schöne Spielerei schnitzen wolle, so gut ich's könnte, und so ähnliches. Da blickt das Kind auf und – und gibt mir die Hand ... Mir aber tanzte in diesem Augenblicke alles vor den Augen, ich glaube, ich habe geschwankt wie ein Trunkener. Als ich wieder aufblickte, war das Kind wieder hinausgegangen, nur die alte Frau stand da und sagte mir nichts weiter als ›An die Arbeit, Matko. Du sollst bei der Ernte helfen. Mein Knecht bringt dich zu den Schnittern!‹

Ein großer Tag war's, Herr! Ich hatte einer andern Menschenseele die meinige erschlossen, und ein Kind hatte mich freundlich gegrüßt, und ich war gern und freudig zur Arbeit gegangen! Ein großer Tag!

Fünf Jahre bin ich in Horowka geblieben; erst als neunzehnjähriger Jüngling ging ich wieder fort. Das war die schönste Zeit in meinem Leben, und manchmal dachte ich, es könne nun keine häßliche mehr kommen. Vielleicht war diese Hoffnung nicht einmal ganz so töricht und eitel, wie sie mir später, da das Elend wieder berghoch auf mir lag, hat erscheinen wollen. Denn ein ganz anderer wurde ich in meiner Großmutter Hause nicht, aber doch soweit ein anderer, als ich überhaupt noch hatte werden können. Ja, diese Zeit war der Tag in meinem Leben und alles andere Nacht und Dämmerung. Und zweien Menschen danke ich's, daß mir dies beschieden war – ich habe schon von ihnen erzählt –: der Greisin und dem Kinde.

Es ist kaum mit Worten zu sagen, wie meine Großmutter geartet war, wie streng und weise, gerecht und gut. Unverhofft war sie durch ihres Bruders Tod zu Geld und Gut gekommen; sie nützte ihre Wohlhabenheit zu Werken des Erbarmens an jenen, die unverschuldet ins Elend geraten. Erbarmungsvoll und gerecht – so war meine Großmutter auch gegen mich und machte mich mutiger und besser. Ich gewann volle Freude an der Arbeit und soviel Freude an den Menschen, als ich nach dem, was ich bisher von ihnen erfahren, und mit dem Gesicht und Gemüt, das mir Gott nun einmal gegeben, überhaupt gewinnen konnte. Aber sie war ja doch eine greise Frau und stand so hoch über mir, daß mir immer zumute war, als könnte ich nur eben den Saum ihres Gewandes erreichen; ihr allein wäre das Werk an dem Knaben nicht geglückt. Aber da war ja auch noch das Kind im Hause, die Tiana.

Die Tiana, Herr ...«

Die Stimme versagte ihm – er schnellte empor und ging einige Male auf und nieder; heftig arbeitete es in seinen Zügen. Wie im Krampf öffneten und schlossen sich die Lippen, die weißen, buschigen Brauen zogen sich drohend zusammen. Dann fuhr er mit halberstickter Stimme fort: »Damals war sie noch ein Kind, sechs Jahre jünger als ich, schön und heiter und gut! Ach, so schön! Wie ein Sonnenstrahl war sie dem ganzen Dorfe und der alten Frau und vor allem meinem dunklen Herzen ... Viele liebe Blumen wachsen auf der Erde, gleich Holdes ist selten auf ihr erblüht ... Ich hatte keine Kindheit gehabt, keinen Genossen gekannt, nicht Spiel noch Scherz hatten mich erfreut, sie bescherte mir dies alles, da ich schon ein Jüngling wurde. Wenn ich so des Abends vom Felde heimkam oder wenn sie die Magd begleitete, die uns das Essen hinausbrachte, oder des Sonntags – ach, welche schönen Stunden wir da hatten! Es ist nicht zu sagen, wie das Kind war, so voll süßer Schelmerei ... Mir wird wohl ums Herz, wenn ich daran denke, mir ist's dann, als müßte ich alles spätere vergessen und Gott danken, daß sie gelebt hat ... Weißt du, da versteckte sie sich zum Beispiel einmal im hohen Getreide, und ich suchte sie eine ganze Stunde lang, obwohl ich doch das dunkle Gold ihres Haares durch die lichteren Ähren deutlich schimmern sah, nur um sie über mich kichern zu hören, weil dies so lieblich klang, so lieblich ... Aber wenn ich mich verstecken sollte, dann tat ich es so, daß sie mich sofort finden mußte, oder doch so, daß ich wenigstens ihr Antlitz sehen konnte, denn wie sollte ich ohne dieses weiteratmen? Es war ja auch gar nicht der Mühe wert, wenn sie nicht dabei war ... Manchmal mußte ich auch mit ihr tanzen; gern tat ich es eigentlich nicht, weil ich gar so plump war, aber wenn sie es befahl, fügte ich mich darein – was hätte ich nicht auf einen

Wink ihrer Augen getan? Einmal fiel eines der Küchlein, welches ihre Lieblingshenne ausgebrütet, in den Fluß, und sie sagte nur: ›Ach, Matko, das arme Tierchen!‹, und flugs war ich schon im Wasser. Die Strömung ergriff mich, ich mußte hart kämpfen, um wieder ans Ufer zu kommen, das Tierchen war natürlich längst ertrunken, und die Babusia schalt heftig auf mich ein; auch lag ich wohl eine Woche krank zu Bette, aber ich hatte doch nur den einen Schmerz dabei, daß ich ihr das Küchlein nicht lebend hatte wiederbringen können ... Weil ich eben vom Tanzen sprach – das war mir das liebste, wenn sie sich so allein in der Stube drehte und leise dazu sang; zierlicher hätte es keine Rusalke können ... Oder wenn sie irgendeine leichte Last auf dem Kopfe trug und so sachte dahinging – ach, Herr, niemand konnte sich satt sehen an dem Mädchen.

Kindereien, Herr, verzeih ... Wie sie zu mir war, habe ich noch gar nicht gesagt. Nun: lieb und lustig genug und doch nicht ganz so harmlos wie gegen jeden anderen. Erstlich wußte sie, wie es um mich stand und daß ich wie vernarrt in sie war – das weiß jedes Mädchen, auch wenn es erst zwölf Jahre alt ist, und darum behandelte sie mich recht wie einen Knecht, im Scherz freilich nur; was willst du, des Weibes Wesen regt sich früh, die Anbetung tut ihm wohl ... Daneben fürchtete sie mich eigentlich all die Jahre wie damals am ersten Abend. Das heißt, Furcht ist eigentlich nicht das rechte Wort, aber ganz heimlich war es ihr doch in meiner Nähe nicht immer. Zuweilen schon – ich fühlte das ja gleich, und dann jubelte mein Herz –, aber später, nach Tagen, empfand ich wieder, wie eine Art Befangenheit über das Kind kam, und dies war in jeder Beziehung schlimm für mich. Denn woher rührte diese rätselhafte Scheu? Mein Gesicht war's, dies düstere, häßliche Gesicht, das ernsthaft blieb, wenn ich wie toll vor Freude war, und merkte ich diesen Eindruck auf mein Bäschen, so wurde ich aus Gram darüber noch viel düsterer und scheuer. – Doch wurden diese Unheilstage von Jahr zu Jahr seltener, das Kind ward immer freundlicher, auch jenes seltsame Gefühl, welches mich von den Menschen und sie von mir schied, begann sich sachte zu lindern und zu lösen. In Horowka redete mir niemand die unheimliche Gabe nach. Wie ein angenehmer, fröhlicher Kumpan wurde ich freilich nicht behandelt, aber das war ich ja auch nicht; für einen tüchtigen Menschen ließen sie mich gelten, und dies genügte mir vorläufig. ›Es wird schon besser werden‹, sagte die Babusia, und ich glaubte ihr. Nach Solowince kam ich in der Zwischenzeit nie, auch meinen Vater sah ich all die Jahre nicht. Er war meiner Großmutter ein wenig gram. Erstlich beurteilte sie auch ihn gerecht, ließ sein Gutes gelten, übersah aber auch das Schlimme nicht, und dann kränkte es ihn bitter, daß sie ihn nie besuchte – wozu hatte er eine Pfarrerin zur Schwiegermutter, wenn er sie dem Dorfe nie zeigen konnte! Meine Mutter kam allerdings dreimal herüber, jedoch einen rechten Einschnitt in mein Leben machte nur ihr letzter Besuch. Denn da brachte mir ihre Anwesenheit eine Stunde des höchsten Glücks, freilich, ohne daß sie dies wußte. Damals belauschte ich nämlich ein Gespräch, welches sie mit meiner Großmutter hatte, zufällig, Herr, ohne daß ich's wollte, und nur wenige Worte, aber sie machten mich zum Glücklichsten unter der Sonne. ›Nun wohl‹, sagte die Großmutter, offenbar als Schluß eines längeren Gesprächs, ›es ist zwar ungerecht von deinem Thodor, den jüngeren Sohn zum Erben seines Hofes zu machen, aber wenn es nicht mehr zu ändern ist, so will ich wenigstens für den Matko tun, was ich kann. Er und die Kleine sollen mich beerben – daß sie deshalb den Besitz werden teilen müssen, glaube ich nicht!‹ Ich hörte nicht mehr, was meine Mutter darauf erwiderte; ich stürzte in den Garten hinaus, trunken vor Seligkeit, warf mich unter einen Baum nieder und weinte wie ein Kind. Es waren meine ersten, meine letzten Freudentränen im Leben.

Seit jener Stunde – ich stand damals im neunzehnten Jahre – verspürte ich auch jenen Schatten nicht mehr, der mir seither noch immer zuweilen nachgegangen; ich meine die Angst, ob ich nicht wirklich, ohne es zu wollen, durch meinen Blick Unheil stiften könne. Nun war in meinem Hirn, in meinem Herzen kein Raum mehr für wüste, qualvolle Gedanken ...

Aber das Glück währte kurz, nur wenige Monate. Eines Abends im Frühherbst – das Kind war eben dreizehnjährig geworden – waren wir besonders lustig und fröhlich auf dem Vorbänkchen am Hause mit der lieben Babusia beisammen gewesen, um uns das halbe Dorf; wer irgend in ihrer Nähe sein durfte, tat sich gern diese Freude an. Am nächsten Morgen fanden wir sie regungslos in ihrem Bette; plötzlich, schmerzlos war sie dahingeschieden und lag in ihren Kissen da, sanft und lächelnd, als labe sie ein schöner Traum ... Wer weiß, was sie damals gesehen hat, als sie so lächelte, denn sie war gut und gerecht, und drüben, sagt man, soll ja jedem werden, wie er verdient!

Ach! Tot war sie, und mit ihr war mein Glück dahingestorben – für immer. Nur meine Mutter kam zum Begräbnis. Und als alles vorüber war, trug sie mir auf, meine Sachen zu packen. ›Wozu?‹ fragte ich. – ›Du kannst doch nicht hier allein mit dem Kinde wirtschaften‹, erwiderte sie. ›Ihr zieht zu uns nach Solowince.‹ – ›Lieber in den Tod!‹ rief ich. ›Vernünftig und gerecht ist, daß ich hier als Wirtschafter auf dem Hofe bleibe, der mir und dem Kinde gehört!‹ Sie gab dies zu, nur, bat sie, möge ich es mit dem Vater selbst vereinbaren. Dagegen half kein Widerspruch mehr; unser Altknecht übernahm die Wirtschaft; wir fuhren nach Solowince. Als ich die Hütte verließ, schnitt es mir durchs Herz: Du kommst niemals wieder! Und als wir ins Land fuhren, war mir zumute, als führe ich in die Nacht hinein, in die tiefe, schwarze Nacht des Unglücks ...

Und so, Herr, so ist es auch gekommen. Schon der erste Schritt ins Elternhaus war qualvoll genug. Im Hofe trat uns mein Bruder Hawrilo entgegen; er glich trotz seiner vierzehn Jahre einem Jüngling, so schön und stattlich war er geworden. Der Junge wurde blaß, als er mich sah, mühsam hielt er ein Lächeln fest. ›Willkommen!‹ sagte er; ich aber ... Er verabscheut mich, dachte ich und konnte kaum die Hand bewegen, die seine einen Augenblick zu berühren. Dann noch ein Wiedersehen! Der Britan kam heran, und – willst du es glauben? – das Tier erkannte mich, war wie toll vor Freude und sprang an mir empor. Ich aber mußte nur jenes furchtbaren Seelenschmerzes gedenken, den ich einst um seinetwillen erlitten, und als mein Bruder, wie es mir schien, einen höhnischen Blick auf mich warf, da gab ich dem Hunde einen Fußtritt, daß er heulend an die Wand flog ... Auf der Schwelle begrüßte uns der Vater; sein Antlitz hatte sich in den Jahren kaum verändert, nur, daß es noch breiter und behäbiger geworden. Auch er gab sich Mühe, freundlich gegen mich zu sein, auch ihm merkte ich diese Mühe an und fühlte mich noch befangener, noch elender. Das Mädchen aber schien schon an jenem Abend im Hause so heimisch, als wäre sie darin aufgewachsen.

Das war so der Anfang im Hause, und der im Dorfe fiel noch viel schlimmer aus. Als ich am ersten Morgen durch die Fenster meiner Schlafkammer auf die Straße sah, stand just der alte Nachtwächter im Gespräch mit einem Nachbarn, dem roten Stefko, vor unserem Gartenzaun. ›Ist es wahr, daß der Matko zurück ist?‹ fragte der Rote. ›Ich habe es kaum glauben mögen!‹ – ›Ja‹, erwiderte der Alte seufzend. ›Und wer weiß, was nun sein »böser Blick« über das Dorf bringen wird! Schon als Knabe hat er ja Unheil genug angestiftet!‹ – ›Aber warum hat ihn nur unser Thodor wieder aufgenommen?‹ rief der andere. ›Das ist eine Rücksichtslosigkeit, eine Leichtfertigkeit, welche diesem trefflichen Mann sonst gar nicht ähnlich sieht.‹ – ›Sprich du mit einem *Vater*!‹ sagte der Alte achselzuckend. ›Vielleicht auch meint er, daß der häßliche Junge diese furchtbare Eigenschaft verloren hat. Aber das wäre törichte Hoffnung. Wer mit dem »bösen Blick« geboren ist, behält ihn sein Leben lang ...‹

Gleich darauf ließ mich mein Vater zu sich rufen, und obwohl ich nun im Zwanzigsten stand, war es eigentlich doch unsere erste Aussprache im Leben. Die Mutter, begann er verlegen, habe ihm erzählt, daß ich am liebsten wieder nach Horowka wolle, aber daraus könne nichts werden. Es traf mich furchtbar, aber ich fragte nur: ›Warum? Es war ja der Wille der Seligen!‹ Möglich, gab er zu, aber sie habe nichts darüber hinterlassen. Der Besitz falle an meine Mutter, und diese sei für den Verkauf, wie er. ›So?‹ rief ich. ›Und die arme Waise, die Tiana, soll leer ausgehen?‹ Er wurde dunkelrot, hielt aber an sich. Das Kind werde er entschädigen, ebenso mich. Aber jetzt brauche er das Geld aus dem Erlös. Er habe nun einmal seinen Ehrgeiz dareingesetzt, der größte Grundbesitzer im Dorfe zu sein, und habe deshalb vor zwei Jahren eine neue Erwerbung gemacht. Nun sei die letzte Ernte schlecht geraten, der Verkäufer dränge um sein Geld, er müsse ihn befriedigen. ›Also, weil dich‹, rief ich, ›deine Eitelkeit trieb, mehr Gründe zu erwerben, als du vernünftigerweise hättest tun sollen, darum soll ich elend werden und hier wie ein Hund leben?‹ Wieder schien ihn der Zorn zu übermannen, aber er zwang ihn nieder. ›Warum fürchtest du dich, hier zu leben?‹ fragte er. – ›Weil die Leute‹, erwiderte ich, ›*dir* glauben, daß ich den »bösen Blick« habe. Oder leugnest du, daß du das Gerede verursacht?‹ – Er war totenbleich geworden. ›Das war nicht so böse gemeint …‹, stammelte er und fuhr dann fort: ›Matko! Versuch es, dich an uns zu gewöhnen, vielleicht glückt es!‹ Ich schwieg. ›Hast du nichts darauf zu sagen?‹ Ich schwieg.

›Nichts?‹ wiederholte er ein drittes Mal und rief dann in höchster Erregung: ›Wohlan! Das Meinige habe ich getan, nun – wie Gott will! Der Hof in Horowka wird verkauft, und im Hause muß ich dich behalten! Aber weh dir, wenn du uns etwas antust, und besonders deinem Bruder …‹ – ›Durch meinen »bösen Blick«?‹ – ›Ja, ja‹, schrie er. ›Dadurch! Denn daß du den »bösen Blick« hast – könntest du dich jetzt sehen, du würdest selbst daran glauben!‹ Ich aber stürzte zur Stube hinaus in den Garten, die Hölle im Herzen … Und zur selben Stunde war mir beschieden, noch elender zu werden. Während ich so verborgen im Gesträuche lag, vernahm ich Stimmen, helle, fröhliche Stimmen, die näher und näher kamen; es war die Tiana und mein Bruder. ›Aber Babusia hat immer gesagt, daß dies nicht wahr ist!‹ rief das Mädchen. ›Er kann eben nichts dafür, daß er solche Augen hat!‹ – ›Und es ist doch wahr!‹ erwiderte er eifrig. ›Was haben wir hier im Dorfe mit ihm erlebt! Aber sag doch, Tiana, sag ehrlich: Fürchtest du dich denn nicht auch vor ihm?‹ – ›Manchmal schon‹, war die Antwort, ›obwohl ich ganz genau weiß, daß er sich lieber die Nase abschneiden würde, als mir etwas zuleide zu tun. Denn ich, mußt du wissen, kann mit ihm anfangen, was ich will, mich beißt er nicht!‹ – ›Du sprichst ja von ihm wie von einem Hunde‹, lachte er. – ›Und das ist unrecht von mir!‹ rief sie. ›Ach, wenn das die gute Babusia wüßte. Aber ich kann wirklich nichts dafür, wenn mir so oft in seiner Nähe bang ist!‹ Das Weitere verstand ich nicht mehr – ach, ich hatte genug gehört!

Also – das war der Anfang, Herr, und alles andere wuchs sich so sachte und notwendig draus hervor, wie aus dem Giftsamen das Schierlingskraut. Bald war ich im Hause wie im Dorfe wieder, was ich einst gewesen: die Wolke am Himmel, der Gehaßte, der Gefürchtete, der Gemiedene. Wie einst war's – und noch viel schlimmer, eben weil ich kein Knabe mehr war. Kaum fasse ich's, wie ich's ertragen, denn auch jenes Gespenst regte sich wieder und schlug mir seine schwarzen Flügel über dem Haupte zusammen … Oh! Jenes Gespenst … Denke ich dann zurück, so habe ich Mühe, die Wahrheit zu erkennen; mein Kopf beginnt zu schmerzen, und wie klar mir sonst alles liegt, dies sehe ich nur durch einen Nebel. Später habe ich ja den ›bösen Blick‹ gehabt – schüttle nicht den Kopf, Herr, es ist so –, ob aber damals schon? Ich *glaube*: nein! Ich glaube, denn nur in einzelnen Fällen *weiß* ich dies …

Da war zum Beispiel die Geschichte, wie jene Hütte, in welcher einst die Eltern des Valerian gehaust, in Flammen aufging … Sieh! Sieh! Dies arme Knäblein war, nächst meiner lieben Babusia, das einzige Wesen gewesen, welches mir nur Gutes getan; natürlich hing ich an der Erinnerung und ging oft zu jener Hütte, wo wir einst gespielt. Seine Eltern waren tot; das bißchen Grund hatte mein Vater gekauft, wie er ja so ziemlich alles erwarb, was im Dorfe feil wurde. Die Hütte stand verödet und verfiel langsam.

Dort also saß ich des Sonntags oft stundenlang, indes die anderen in der Kirche oder in der Schenke waren, rauchte mein Pfeiflein und brütete über mein Schicksal. Auch an einem windigen Spätherbsttage hatte ich es so getan, bis in die Dämmerung hinein war ich dort gesessen; am Abend ging das morsche Holzwerk in Flammen auf. Mir war klar, daß ich es verschuldet, aus meiner Pfeife mochten einige Funken aufs dürre Holz gefallen sein. Die Leute aber? Mein ›böser Blick‹ hatte es eben getan, und als ich, in der Verzweiflung darüber, selbst von meiner Pfeife sprach, zuckten sie die Achseln: ›Sieh! Wie schlau er ist, er klagt sich nur an, um sich vom Schlimmeren zu entlasten.‹

Ja, Herr, es ward zum Rasendwerden! Von anderen wie eine Bestie betrachtet sein und es allmählich nicht wirklich werden, das geht schier über Menschenkraft. Und dazu das Grauen vor mir selbst, das ewige Grübeln: Tun sie dir unrecht oder hat dich Gott wirklich dazu verdammt? – Und es gab ja auch wirklich Fälle, die mich selbst zweifelhaft machten ...

Ein schöner Sommermorgen, ich arbeite mit den Knechten auf dem Kornfelde gegen Panowka, da reitet mein Bruder auf meines Vaters bestem Pferde vorüber. Es ist mitten in der Erntezeit; wir könnten das Tier und des Jungen Kraft prächtig bei der Arbeit brauchen, er aber macht einen Ausflug wie ein ›Panicz‹. Hochmütig sprengt er vorüber; ich sehe ihm eine Weile nach, nicht allzu freundlich, jedoch ohne bösen Wunsch und Willen. Aber sieh – nicht hundert Schritte weit ist er gekommen, als urplötzlich, ohne jeden erkennbaren Grund, das Pferd scheu wird und ihn abwirft. Er stürzt, wird bewußtlos und liegt drei Wochen zu Bette ... Diesmal beschuldigte mich niemand, ich aber mußte mich immer und immer fragen: ›War ich's? Und wenn nicht ich, was sonst? Ach, es kann ja nichts anderes gewesen sein als der Fluch, der auf mir liegt!‹ Ach, Herr, es war zuviel – zu viel ...«

»Aber warum bleibt Ihr im Dorfe?« fragte ich. »Ihr hättet Euch ja als Knecht anderwärts leicht ernähren können?«

»Warum?« rief er. »Wie oft habe ich mir in jenen Jahren die Frage selbst gestellt und beantwortet. Es waren freilich lauter Lügen. Da sagte ich mir: ›Hier bist du nötig! Greife fest ein, sonst ist all der Reichtum bald vertan!‹ Und darin war ein Korn Wahrheit. Mein Bruder war für die Wirtschaft nicht zu brauchen, der Vater wurde mit den Jahren träger, sann, von seinem Durst nach Ansehen getrieben, nur immer auf neue Erwerbungen und zahlte die Äcker mit Schuldbriefen, die ihn dann hart drückten. Ein Mißjahr – und wir konnten verloren sein! Ich sah dies, und die törichte Wirtschaft betrübte mich tief; aber nicht deshalb blieb ich und ebensowenig der Mutter zuliebe, sondern – der *Tiana* wegen.

Die Tiana! Wo find' ich Worte, zu sagen, wie sie war und was ich um ihretwillen litt! Eine so Schöne, Liebe, Fröhliche hat nie wieder die Welt erquickt. Blondhaarig war sie und hatte blitzende blaue Augen, dazu ein Mündchen – so klein«, er wies es an seinem Finger, »und ein keckes Näschen ... Wenn sie lachte, lachte alles an ihr, die Augen, die Wangengrübchen, das Kinn – und alles um sie. Jeder hatte seine Freude an ihr, die Menschen, die Tiere; ich glaube, die Sonne schien heller, wenn sie ihr Antlitz küssen durfte, und die Blumen dufteten stärker, wenn sie vorüberschritt ... Von ihr habe ich die Boshaftesten, die Grämlichsten nie schlimm reden hören. Da war ein altes, verbittertes Mütterlein im Dorfe, das eigentlich gegen alle anderen Menschen mit seiner Zunge Krieg führte, von der Tiana jedoch sagte es: ›Da hat der liebe Gott einmal zeigen wollen, was er kann, wenn er guter Laune ist!‹ Und unser Hochwürdiger, der alte Vater Nikolaj, sagte einmal zu ihr, als sie sich bei ihm entschuldigte, daß sie an drei Sonntagen nacheinander nicht in der Kirche gewesen: ›Laß nur! So fröhlich und wacker zu sein wie du ist auch ein Gottesdienst!‹ Denn wacker war sie auch, und wieviel sie arbeiten konnte, ist kaum zu glauben; aber was das merkwürdigste dabei war: Man sah ihr nie die Anstrengung an, sie vollbrachte alles wie spielend ... Mein Vater kannte keine größere Freude, als ihr so zuzusehen. ›Du Teufelskind‹, sagte er, ›du Teufelskind!‹ Und dann lachte er hell auf oder sagte auch ernsthaft:

›Gesegnet sei die Stunde, wo du in unser Haus gekommen!‹ – Und ihr Tanzen! Und ihr Gang! Ach, ich hatte sie ja gekannt, wie sie ein Kind war, aber welch schöne Jungfrau sie wurde, ging selbst über meine Erwartung ... Kaum sechzehnjährig, war sie schon voll erblüht; wahrlich, derlei können deine Augen nie gesehen haben, Herr, wie sie war. Ganz golden war das Haar, und mitten darin ein einzelner dunkler Strähn; ganz weiß und rosig das Antlitz, und auf der Wange, dicht am Näschen, stand ein kleines, braunes Mal – und just dies gefiel allen so gut. Aber was schwatze ich da? Verzeih, Herr, die Worte drängen sich mir auf die Lippen, und ich beschreibe das Mädchen, wie ich es sehe ...«

Er verstummte. »Ja«, fügte er dann flüsternd hinzu, »ich sehe sie – ich vergesse, was später kam, Schmach und Sünde und Tod, ich sehe die Tiana, wie sie am Sonntagmorgen vor meines Vaters Haus steht, rein, licht und hell wie ein Sonnenstrahl ... Du Liebe, du Schöne ...«

Noch regte er die Lippen, die Worte drangen nicht mehr an mein Ohr. Zitternd streckte er die Arme aus, in den Augen schimmerte es feucht. Mir aber war's, als müßte ich den Atem in der Brust zurückhalten, ihn aus seinem Traume nicht aufzuschrecken. Es war sehr still um uns, kein Zweiglein rührte sich, schweigend lag der Wald in der Sommerglut, und nur von hoch oben her, aus einem Nest am Gipfel einer Tanne, tönte zuweilen leises Zwitschern der jungen Brut zu uns nieder ...

Der Greis seufzte tief auf. »Es ist nicht wahr«, sagte er laut und hart, »nicht wahr, daß sie auch als Leiche schön war, wie die Leute erzählen. Die qualvolle Reue lag auf ihrem Antlitz, und die wäscht kein Wasser weg, die Sünde, und die verwischt selbst der Tod nicht. Nur damals war sie schön, als sie rein und unschuldig war ...«

Dann aber raffte er sich auf und fuhr fort: »Ich hatte schon das Kind geliebt, ich mußte die Jungfrau lieben, und welches Elend mir daraus zukam, kannst du selbst ermessen – oder nein! Das ermißt kein Mensch. Sie war unsäglich schön, von allen geliebt, das heiterste Geschöpf im Dorfe – und ich der Mensch mit dem ›bösen Blick‹! Es war eine Torheit von mir, die Torheit des Bettlers, des Zaren Tochter zu begehren, die Torheit des Falters, ins Licht zu fliegen. Der Bettler wird geköpft, der Falter verbrennt, es geschieht ihnen nur ihr Recht. Auch mir ist schließlich vielleicht nur mein Recht geschehen – vielleicht! Denn das Licht strahlt, aber es winkt dem Falter nicht in sein Verderben. Doch habe ich zunächst von jenen Zeiten zu erzählen, da sie wirklich nur in ihrer Schönheit strahlte, wie die Flamme strahlt, weil sie muß und auch mir herzlich gerne ein bißchen Helligkeit in mein dunkles Los hineingeleuchtet hätte. Sie war mir ja auch schon als Kind, im Hause der Babusia, recht wohlgesinnt gewesen. Daß auch sie das Grauen vor mir nie völlig bezwingen konnte, tat vielleicht ihrem Herzen aufrichtig wehe. Dies änderte sich auch wenig in den ersten Jahren, die wir in meiner Eltern Hause zubrachten. Das Mitleid blieb, die Freude an meiner Anbetung, aber auch das Grauen. Ich glaube, Herr, daß noch nie ein Jüngling und ein Mädchen so zueinander gestanden sind wie ich und die Tiana. Je feindseliger sich mir alle erwiesen, desto gütiger wurde sie gegen mich. Allen erzählte sie, wie ich im Hause der Babusia gewesen, und bat, mich zu schonen. Nützen konnte es mir freilich nichts, am wenigsten bei meinem Vater und dem Hawrilo; die beiden waren gleich am ersten Tage wie treue Gespielen zueinander gewesen und blieben es auch in der Folge, lustig, fröhlich und harmlos. Aber bei einem Menschen fruchteten die Predigten doch – nämlich bei mir selbst. Wenn sie so des Sonntags, da alle beim Tanze in der Schenke waren und ich einsam im Obstgarten saß, plötzlich neben mir stand und sagte: ›Ich wollte doch einmal nach dir sehen, Matko!‹, dann war ich plötzlich kein unglückseliger, verbitterter Junge mehr, sondern bis ins Herz hinein froh – und blieb's, solange sie mit ihrer süßen Stimme zu mir redete: von der toten Babusia und wie ich der Worte gedenken möge, die sie immer zu mir gesprochen, und wie sich noch alles gewiß zum Guten wenden werde; dazwischen aber allerlei Scherz und Unsinn. Es war ganz gleichgültig, was sie sagte, ob Worte, wie sie der Hochwürdige von der Kanzel herab nicht rührender aussinnen und verkünden konnte, oder die Geschichte, wie unsere dicke Kuhmagd neulich von den Knechten gehänselt worden – solange diese Stimme an mein Ohr klang, war ich gut und glücklich. Aber wenn sie wieder gegangen war – ach, wer einen Augenblick im vollen Lichte gewesen, dem tut die Dunkelheit doppelt weh. Sie wußte dies und widmete mir soviel Zeit, als sie irgend konnte. Ob nur aus Mitleid? Gewiß tat ihr auch der Gedanke wohl: Dieser Mensch ist wie Wachs in deiner Hand, den anderen ist er ein stachliger Dornbusch, dir aber, du Teufelsmädchen, trägt selbst die Dornenhecke Rosen! – Allmählich freilich wurde auch ihr ich immer unheimlicher; die Furcht der anderen steckte sie an. Aber wahrlich, sie hätte am besten wissen können, daß mein Blick nicht schade! Wie sich die arme, gelbe Blume, die wild an unseren Hecken wächst, immer der Sonne zukehrt, so haftete mein Blick an ihrem Antlitz, und kein Weg war mir zu weit, sie nur auf eine Minute zu sehen. Draußen auf dem Felde, eine Stunde Weges von unserem Hause, faßte es mich oft plötzlich an wie eine Riesenfaust und schüttelte mich und trieb mich heim oder auf den Acker, wo ich sie wußte. Ich *mußte* zu ihr ... Und da hätte ich freiwillig aus dem Dorfe sollen? Lieber in den Tod! sagte ich mir und blieb, obwohl das Leben, das ich da führte, eigentlich noch schlimmer war als der Tod ...

So ging es von Tag zu Tag, von Woche zu Woche, von Jahr zu Jahr. Wie in einem grauen Nebel lebte ich dahin und hatte mir sogar das Nachdenken abgewöhnt, wohin mein Weg eigentlich führen sollte; dumpf und stumpf schritt ich so in den Nebel hinein. Da aber ereignete sich plötzlich – ich sollte eben mündig werden, und die Tiana hatte ihr achtzehntes Jahr zurückgelegt – eine furchtbare Begebenheit, welche unser aller Schicksal wandelte. Es handelte sich hierbei um meinen Bruder Hawrilo und einen Knecht, der in unserem Hause diente; Severko hieß er und war ein Huzule.

Mein Bruder – und wenn ich vor Gott stünde und er mir sagte: ›Ich werde genauso gerecht über dich urteilen, wie du es über ihn tust‹, ich müßte es doch aussprechen: Es war nicht viel Gutes an ihm. Äußerlich glich er meinem Vater wie das Bild im Spiegel dem, der sich darin besieht, und innerlich wohl auch ein wenig, aber nur wie die Fratze im Hohlspiegel, den die Gaukler am Jahrmarkt in Kolomea ausstellen, dem Menschenantlitz. Mein Vater war ein tüchtiger, arbeitsamer Mensch, er war jedoch faul und unbrauchbar; aber dies war das geringste und bei seiner Erziehung vielleicht verzeihlich; wie ein Prinzlein war er gehalten worden als Schmuck und Zier des Hauses; kein Wunder, wenn er denken mochte, daß die Hühner zum Eierlegen da sind, während der Pfau seiner Pflicht genügt, wenn er ein Rad schlägt. Mein Vater dürstete nach dem Lobe der Menschen und war leider schwach genug, deshalb manche Torheit zu begehen; seinem Liebling war auch jede Schlechtigkeit recht, wenn sie nur die Eitelkeit befriedigte. Ich bin nie einem Menschen begegnet, dem die anderen alle so gleichgültig waren und der daneben doch so prächtig den Schein zu wahren wußte, daß ihm des Geringsten Schmerz oder Freude ans tiefste Herz greife. Das hatte damals außer mir nur noch ein Mensch erkannt: jener Severko; und uns beiden schärfte derselbe Trieb den Blick: die Eifersucht.

Es war ein seltsamer Mensch, der Severko, sanft wie ein Lamm und wild wie ein Karpatenwolf, gutmütig wie ein Kind und rachgierig wie ein Teufel, nicht aus Gutem und Bösem gemischt wie andere Menschen, sondern aus dem Besten und dem Häßlichsten. Er mochte in meinem Alter stehen, und wie es ihm ergangen, ehe er in unser Haus gekommen – es war vier Jahre später, nachdem ich heimgekehrt –, habe ich nie ganz genau erfahren; sein Geheimnis ist mit ihm ins Grab gesunken. Auffällig genug war es, daß er, ein Huzule, sich als Knecht in die Ebene verdungen. Du weißt, Herr, daß derlei fast nie vorkommt; die freien Jäger und Hirten bleiben gerne in ihren Bergen. Vielleicht klebte Blut an seinen Händen, und er fürchtete die Rache der Sippe seines Opfers, denn des Kaisers Gericht braucht man in diesen Bergen nicht zu fürchten. Wie dem auch war, er fügte sich in unsere Sitten, unser Leben;

nie habe ich einen fleißigeren Menschen gekannt als diesen schlanken, braunen Burschen, der früher wohl kaum einen Pflug berührt oder schwerere Arbeit verrichtet, als, die Büchse auf der Schulter, durchs Waldgebirg zu streifen. Er duckte und schmiegte sich, und ich mochte ihn nicht bloß seines Fleißes willen wohl leiden, sondern auch weil ich ahnte, daß er sich im Dorfe fast so unbehaglich fühlte wie ich selbst.

Da sollte uns noch ein größeres, gemeinsames Leid aneinanderbinden. Er bekam die Liebe zu der Tiana; recht wie eine Krankheit faßte ihn die Leidenschaft und machte sein Herz wund und setzte sein Blut in Brand. Sie kümmerte sich nicht darum. So hatte die wilde Glut, die den unglückseligen Menschen erfüllte, zunächst nur den Erfolg, daß ich jetzt nicht mehr der einzige Mensch im Dorfe war, welchen die Leute wegen seiner vergeblichen Liebe zu diesem Mädchen verspotteten. Denn natürlich hatte sich mein armes Herz längst aller Welt verraten, und wie lustig das die Leute von Solowince fanden, kannst du dir denken! Gehöhnt wurde ich deshalb freilich nicht ins Gesicht hinein, sowenig wie um anderer Dinge willen; wer hätte sich auch die Rache meines ›bösen Blicks‹ zuziehen mögen? Ihn aber peinigten sie durch Stichelreden aufs Blut; auch lag es nicht in seinem Wesen, stumm zu leiden wie ich. Das Mädchen wies ihn ab – er hielt meinen Bruder für den Begünstigten und wühlte sich in den furchtbarsten Grimm gegen ihn hinein.

Wir hatten insgesamt keine rechte Ahnung von der Gefahr; vielleicht wußte der Severko selbst nicht, wie weit ihn sein wildes Blut führen werde. Plötzlich brach es über uns herein wie ein Gewitter in den Bergen.

Es war im tiefen Winter, am Mariä-Lichtmeß-Tag, und graue Dämmerung über der Erde, so dicht und endlos schüttete der Schnee hernieder. Die anderen waren zur Kirche gegangen, ich betreute inzwischen das Haus und sah auch nach den Pferden. Als ich eben wieder aus dem Stalle treten will, höre ich aus einer Ecke ein dumpfes Ächzen wie aus eines Todwunden Brust. Ich trete näher: Es ist der Severko. Aschenfahl im Antlitz, kauert er auf einem Holzblock, die Hände so krampfhaft auf die Brust gepreßt, daß die Nägel tief ins Fleisch gedrungen und einige Tropfen Blutes das Hemd rötlich färben. Er bleibt stumm auf meine Fragen, endlich zischt er hervor: ›Was mir fehlt? Dasselbe wie dir, du armer Tor, nur daß ich es nicht wie ein Lamm tragen, sondern ein Ende machen will!‹ – ›Ein Ende?‹ frage ich. ›Sie mag dich und mich nicht; das ist ihr gutes Recht!‹ – ›Und mein gutes Recht ist, den Schurken zu töten, der sie betrügt und dennoch mich verdrängt!‹ – ›Den Hawrilo?‹ frage ich entsetzt. – ›Hast du es endlich auch gemerkt, du Tölpel?‹ Er wirft seinen Pelz über, greift nach der langen plumpen Flinte, die er sich aus seinen Bergen mitgebracht, und stürzte an mir vorbei ins Freie. Ich ihm nach, aber da ist er schon in der grauen Dämmerung verschwunden ...

Ich stehe wie betäubt da, und wie Licht und Schatten über den Blättern eines windbewegten Zweiges kämpfen mir Gutes und Böses im Gemüt. ›Was geht's dich an?‹ raunt mir des Teufels Stimme in die Ohren. Dann aber siegt Gott in meinem Herzen, ich stürze zur Kirche. Eben ist die Messe zu Ende, da kommen auch Hawrilo und die Eltern, hinter ihnen die Tiana. Ich trete an das Mädchen heran und berichte fliegenden Atems. ›Also doch!‹ stammelte sie totenblaß. ›Komm, wir müssen Hawrilo warnen!‹ Und wie sie mich bittend ansieht, folge ich ihr, willenlos, wie der Schatten dem Licht ... Wir eilen heim. Kaum zehn Minuten nach den anderen treffen wir im Hause ein und sind doch schon zu spät gekommen. ›Der Hawrilo ist eben nach Panowka geritten‹, sagt die Mutter. Die Tiana fängt zu zittern an; hoch auf hebt sie die Arme und läßt sie schlaff sinken, wirft einen Blick auf mich und wendet sich sofort ab; springt empor und setzt sich wieder; es ist offenbar ein furchtbarer Kampf, der ihr Herz durchtobt. Dann aber rafft sie sich auf. ›Komm‹, flüstert sie mir zu und tritt vor die Türe. Ich folge ihr. ›Sattle den Braunen‹, sagt sie mit kaum vernehmlicher Stimme, ›hole den Hawrilo ein und bring ihn zurück, sonst erschießt ihn der Severko am Wege. Denn so hat er es mir angedroht, falls der Hawrilo wieder nach Panowka reitet!‹ – ›Ich tu' es‹, erwidere ich, ›aber warum drohte er gerade für diesen Fall?‹ – ›Ich sage es dir, wenn du mir schwörst, daß du mir dennoch willfahrst!‹ – ›Ich schwöre es‹, antworte ich. ›Meine arme Seele muß ja doch deinen Willen tun!‹ Sie schluchzt auf. ›Du Guter!‹ stammelt sie und legt die Arme um meinen Nacken. ›Wie bist du, den sie böse schelten, so viel besser als wir anderen! So höre denn: Ja, ja, der Hawrilo ist mir teurer geworden als ein Bruder; seine glatten Worte haben mich umgarnt, ich habe davon geträumt, sein Weib zu werden! Zwar darf ich – allen Heiligen sei im Staub dafür gedankt! – noch dir und allen Menschen frei ins Auge blicken, aber mein Herz war sein! Während er jedoch mir tausend Eide schwört, sucht er gleichzeitig die Parasia, die häßliche Tochter des Richters von Panowka, zu gewinnen, weil sie so reich ist. Und darum sagte mir der Severko: Einem ehrlichen Werber will ich weichen, an dem Schurken aber räche ich dich und mich, wenn er sein falsches Spiel fortsetzt! Matko, reite den Braunen zuschanden und rette deinen Bruder!‹ Mir wirbelt das Hirn, ich zögere … ›Du wirst!‹ fleht sie. ›Und bleibt dein Bruder heil, dann weiß ich, wer der edelste Mensch auf der Welt ist und daß mich dieser Mensch mehr liebt, als ich verdiene!› Ich aber – in Tod und Hölle hätten mich diese Worte getrieben …

Zum Satteln ist keine Zeit, ich reiße den Braunen aus dem Stalle und sprenge ins Unwetter hinein. Nun hat sich auch der Wind erhoben und jagt den Schnee vor sich her; man kann nicht drei Schritte weit sehen, und furchtbar braust der Nordwind, der mich und mein Tier mit entsetzlicher Wucht trifft. Der Schnee umwirbelt mich, hemmt mir den Atem, macht mich blind und taub. Der Braune scheut und macht kehrt; das zitternde, geängstigte Tier gehorcht meinem Schenkeldruck nicht mehr. Aber da höre ich plötzlich einen Ruf aus nächster Nähe – und es ist meines Bruders Stimme. Ich raffe meine Kraft auf, treibe das Pferd nach der Richtung hin, aus welcher der Ruf gedrungen, und sprenge über den Straßengraben ins Feld hinein. Bald sehe ich aus dem weißen Nebel die Umrisse einer dunklen Gestalt emportauchen, es ist ein Reiter, der hilflos auf seinem Pferde kauert, das sich wie toll im Kreise dreht – mein Bruder Hawrilo. ›Matko!‹ jauchzt er auf. ›Dich hat wohl der Vater um mich gesendet?‹ – ›Komm‹, sag' ich, ergreife die Zügel seines Pferdes und ziehe es neben dem meinen her, bis wir wieder auf der Straße sind. ›Vielleicht kannst du Gott dafür danken, daß du dich verirrt‹ – und erzähle, wer mich geschickt. Er stöhnt zuweilen leise auf, und als ich geschlossen, beginnt er zu jammern, wie bitteres Unrecht ihm geschehe; an die Parasia denke er nicht im Traum, und auch gegen die Tiana sei er nur wie ein Bruder gesinnt; er wisse ja, daß ein älterer und würdigerer Bewerber sich um sie bemühe ... Soweit habe ich ihn reden lassen, nun aber verläßt mich die Ruhe. ›Schweig!‹ rufe ich. ›Aus dir spricht die Angst vor dem Severko! Ich schütze dich vor ihm, wenn wir jetzt noch auf ihn treffen sollten, aber mit dieser heuchlerischen Niedertracht bleib mir vom Leibe!‹ Er zuckt zusammen und wagt kein Wort mehr. So reiten wir langsam, er dicht an mich gedrängt, durch das Unwetter dahin. Schon sehe ich durch die graue Dämmerung das dunkle Kreuz ragen, welches sich am Eingang von Solowince erhebt. Aber an dies Kreuz gelehnt sehe ich etwas wie eine Gestalt, oder hat sich nur der Schnee so breit aufgeschichtet? Doch jetzt, da regt sich's unter dem Kreuz – kaum zehn Schritte sind wir davon entfernt –, und nun sehe ich, es ist der Severko in seinem Pelze, der von Schnee starrt – und ich sehe, wie er die Flinte anschlägt, das Leder vom Schlosse reißt, welches es gegen die Feuchtigkeit schützt. ›Halt ein!‹ schreie ich auf und sprenge vor, indes mein Bruder aufheulend sein Pferd zurückreißt. Der Schuß flammt auf und kracht – ich fühle einen stechenden Schmerz am Arme. ›Halunke!‹ ruf' ich und sprenge auf den Severko zu, aber da ist er schon im Nebel verschwunden – er hat mir später selbst erzählt, daß er sich damals schon nach wenigen Schritten platt in den Schnee geworfen –, und wie ich wieder auf der Straße bin, sehe ich meinen Bruder dem Dorfe zu jagen. Ich folge ihm, der Schmerz am Arm wird heftiger, ich fühle, wie es mich heiß überrieselt, wie mir's dunkel vor den Augen wird, halb ohnmächtig umklammere ich den Hals des Pferdes ... Das Tier trägt mich bis vors Haus, da gleite ich bewußtlos in den Schnee ...«

Der Greis hatte dies dumpfen, hastigen Tones berichtet. Nun verstummte er und fügte dann nach einer Weile tief aufseufzend hinzu: »Der Knochen am Oberarm war zum Teil zersplittert, es war eine recht schwere Wunde, und ich lag mehrere Tage im Wundfieber. Das war eine schöne Zeit ...«

Ich blickte erstaunt auf. »Welche Zeit?« fragte ich.

»Die des Fiebers, Herr«, erwiderte er und nickte düster zur Bestätigung. »Ich muß damals sogar, nach den Erzählungen meines Wärters, unseres alten Knechtes Sophron, der glücklichste Mensch unter der Sonne gewesen sein. Denn ich sprach von nichts anderem als von meiner bevorstehenden Trauung mit der Tiana und wie sie mir ihre Zusage halten werde, nachdem ich ihren Wunsch erfüllt. Auch dankte ich meinem Vater oft gerührt für seinen Segen und bat den Hawrilo, sich auch ferner recht brüderlich zu mir zu stellen. So albernes Zeug kann ein Mensch mit dem ›bösen Blick‹ allerdings nur im Wundfieber denken und glauben! Als ich langsam genas, kamen mir schon die rechten Ansichten wieder. Freilich allmählich, denn eine jähe Enthüllung hätte ich vielleicht, geschwächt wie ich war, nicht überlebt.

Vor allem war mir das Benehmen der Tiana befremdend. Sie kam immer nur in Gesellschaft der Mutter. ›Wie geht es dir?‹ fragte sie zuweilen mit bebender Stimme, aber sonst – kein einziges Wort, kein warmer Blick! Anfangs hielt ich dies für bräutliche Scham, bis es mir aufdämmerte, daß sie durch jenes Wort, welches ihr die höchste Seelenangst entlockt, nun in tödliche Verlegenheit geraten. ›Warum waren Hawrilo und der Vater noch nicht bei mir?‹ fragte ich einmal. – ›Weil‹, erwiderte die Mutter zögernd, ›weil der Bruder es verboten hat. Die Gemütsbewegung könnte dir schaden!‹ Wie das klang! – Mein gutes Mütterchen konnte schlecht lügen. Ein kurzes Gespräch mit meinem Wärter machte mich endlich vollends mißtrauisch. ›Der Severko sitzt wohl im Gefängnis?‹ fragte ich einmal. Der Alte zuckte die Achseln. ›Nein. Dein Vater hat ihn beim Richter verklagen wollen, aber da bat dein Bruder so lange für den Halunken um Gnade, bis man sich entschloß, ihn straflos laufenzulassen.‹ – ›Der Hawrilo hat für ihn gebetet?‹ rief ich in maßlosem Erstaunen. ›Aber ich dachte, daß ihn schon seine Angst bewegen müßte, diesen Menschen unschädlich machen zu lassen!‹ – ›Unschädlich?‹ brummte der Alte. ›Das ist der Lump ohnehin! Gar so bald wird er sich nicht wieder in die Gegend trauen. Und vielleicht erscheint deinem lieben Bruder diese Gefahr gering gegenüber der größeren, die ihn träfe, wenn der Severko im Gefängnis säße und dort dem Richter und deinen Eltern allerlei erzählen könnte.‹ – ›Was?‹ rief ich in höchster Erregung. – ›Ruhig!‹ gebot der alte Mann und drückte mich auf mein Kissen nieder. ›Kommt Zeit, kommt Rat! Bist du einmal wieder ganz gesund, dann wirst du alles viel besser selbst erkunden können als ein dummer, alter Knecht, der sich auf feine Geschichten schlecht versteht!‹

Nun, es kam die Zeit, da ich diese ›feinen Geschichten‹ erkundete, soweit sich feige, vorsichtige Lügen eines tückischen Menschen überhaupt aufdecken lassen. Mir ekelt noch heute davor, und ich habe die Empfindung, als ob ich eine Kröte berühren müßte – ich will es in kurzen Worten sagen: Mein Bruder machte allmählich, ohne es offen auszusprechen, durch halbe Andeutungen, durch Blicke, durch den Ton seiner Stimme meinen Vater glauben, daß ich eigentlich ein Mitschuldiger des Severko gewesen. Das scheint dir vielleicht unmöglich, da ja meine Wunde deutlich genug sprach. Nun, ein feiner Kopf bringt alles fertig! Auch hätte ihm selbst mein Vater schwerlich geglaubt, wenn er etwa sein Märchen in dürren Worten erzählt hätte. Aber mit Seufzern und Blicken bringt man vieles fertig. Auch mußte ja meinen Eltern rätselhaft bleiben, warum ich damals meinem Bruder nachgeeilt; daß das Mädchen mich dazu bewogen, blieb ihnen verborgen; auch sie schwieg, sie hätte ja sonst von der Werbung des Severko, von ihrer Liebe für meinen Bruder sprechen müssen. Allerdings erfuhr sie von jenen Verleumdungen nie, der liebe Hawrilo wußte ihr sein Spiel zu verhehlen, ein Wort von ihr hätte es ja durchkreuzt! Nur eines schwor er ihr zu, immer und unablässig, bis sie es glaubte: daß ihm die Parasia gleichgültig sei. Und sie glaubte es gern, sie konnte nicht anders – ich habe dies nicht erst später eingesehen, ich begriff es sofort, trotz des furchtbaren Schmerzes, den ich dabei empfand, als sie mir sagte: ›Vergiß mich, Matko, ich kann dein Weib nicht werden!‹ Das war etwa sechs Wochen nach meiner völligen Genesung. Was sie sonst noch sprach, rührende Worte von ihrer ewigen Dankbarkeit gegen mich und wie sehr sie sich selbst zürne, so handeln zu müssen, dies alles vernahm ich kaum. Ich blickte ihr nur immer ins holde, tränenüberströmte Antlitz und dachte: Du verdammst mich zur Hölle, Mädchen, aber warum sollt ich dir zürnen? Du bist ja so schön und ich so häßlich! Und was ich dachte, trat mir auch jählings über die Lippen. Sie blickte mich erschrocken an und sagte hastig: ›Das ist es nicht, Matko, vielleicht hätte ich dich trotzdem lieben können, wenn nur ...‹ Sie verstummte. ›Der »böse Blick«!‹ Und darauf war sie grausam, aber auch ehrlich genug, zu schweigen. Erst nach einer Weile sagte sie: ›Auch liebe ich ja einen anderen! Heiliger Gott, ich fühl es ja, daß es eigentlich eine Schmach ist, aber ich kann mein Herz nicht bezwingen. Ich liebe ihn, und wenn es mein Verderben sein sollte!‹ – ›Es *wird* dein Verderben sein!‹ sagte ich und stürzte hinweg ... Ich Tor! Ich Tor! Damals verdiente sie ja meinen Zorn, meine Verachtung nicht, damals war sie ehrlich gegen mich und verachtungswert erst, als sie anders sprach.

Was ich in den nächsten zwei Tagen eigentlich getan, weiß ich nicht zu sagen; wahrscheinlich trieb ich mich ziellos in der Nähe des Dorfes umher. Und meine Gedanken – allzuweit war ich vom Wahnsinn nicht entfernt. Aber leider verliert man seinen Verstand und mit ihm das Bewußtsein seiner Schmerzen nicht gar so leicht, und so wurde auch ich allmählich wieder leidlich vernünftig. Ich sah ein, daß es über Menschenkraft ginge, noch länger im Dorfe zu bleiben, trat vor meinen Vater und kündete ihm meinen Entschluß. Er hatte natürlich nichts dagegen, und als ich vollends vorschlug, mir nur einen Teil meines Erbes zu bezahlen und das übrige schriftlich zu sichern, willigte er ein und fuhr glückseligen Herzens mit mir zur Stadt, um unser Abkommen von des Kaisers Schreibern aufzeichnen zu lassen. Auch die anderen waren es zufrieden, vielleicht meine Mutter ausgenommen. Sie weinte sehr, und diese Tränen waren echt. So steht sie noch heute vor mir, denn es war das letzte Mal, daß ich ihr Antlitz sah.

Ehe ich auf den Wagen stieg, nahm ich auch noch von meinem Bruder Hawrilo Abschied. Er hatte sich vor mir versteckt, aber der alte Sophron verriet mir den Winkel der Scheune, wo er sich vor mir verkrochen, und da zerrte ich den Zitternden hervor. ›Höre‹, sagte ich, ›über alles Vergangene verliere ich kein Wort. Aber nun die Zukunft! Die Tiana bleibt im Hause, ein schönes Mädchen, das dich liebt, aber leider auch eine arme Waise, die du nicht wirst heiraten wollen. Weh dir, wenn du an ihr zum Schurken wirst! Und wäre ich am Ende der Welt, ich käme dann wieder – und du weißt, ich schieße gut, besser als der Severko!‹

Vier Jahre blieb ich vom Hause fort, es ist nicht viel aus dieser Zeit zu erzählen; wie ein einziger grauer Tag liegt sie mir in der Erinnerung. Bald verdingte ich mich als Knecht und arbeitete wie ein Verzweifelter, nur um mein Leid vergessen und des Nachts schlafen zu können, dann wieder ließ ich monatelang mein Erbe in wüster Gesellschaft Gulden um Gulden in die Welt rollen; leichter machte mir beides das Herz nicht. Ich versuchte es mit allem, nicht bloß mit der Arbeit und dem Vergnügen, sondern sogar mit der Frömmigkeit. Drei Monate lang war ich als Laienbruder in einem Basilianerkloster, arbeitete, fastete und betete – und vergaß doch nicht! Ach ja, Herr, nur im Märchen wächst das Kraut des Vergessens, auf Erden sucht man es vergeblich!« – »Aber jener Wahn, der Euch gequält«, wagte ich zu fragen, »der verließ Euch doch in der Fremde?«

»Nein!« erwiderte er finster. »Und damals erst erkannte ich recht, daß es kein Wahn war! Warum bebten die fremden Leute vor mir zurück, die nichts von dem Gerede meines Heimatdorfes wußten, die mich zum ersten Mal im Leben sahen? Warum tauchte dieses Gerede von selbst immer wieder auf? Selbst wenn ich die Leute in meiner Lumpenlaune freihielt, setzten sich nur die Schlimmsten an meinen Tisch! Warum? Weil mir der böse Geist aus den Augen sah!«

»Nein, die Verbitterung!« erwiderte ich. »Wenn Ihr keine besseren Beweise habt ...«

»Ich habe sie!« versetzte er. »Ich durfte nur jemandes in Grimm gedenken, und es geschah ihm wirklich ein Unglück! Da treffe ich einmal an der Heerstraße mit einem Handwerksburschen zusammen und halte ihn in der Schenke frei, und wie der Mensch sich satt gegessen, rückte er von mir weg und ruft höhnisch: ›Nun habe ich aber deine Fratze satt!‹ Ich blicke ihn an und hebe, zitternd vor Wut, die Hand, aber noch ehe ich zuschlage, greift er sich ans Herz und bricht mit einem dumpfen Schrei zusammen. Einige Minuten später ist er tot!«

»Ein Herzschlag«, sagte ich. »Aber ich will Euch nicht widersprechen, es wäre ja doch vergeblich ... Warum kehrtet Ihr endlich dennoch wieder nach Solowince zurück?«

Er erwiderte lange nichts, endlich begann er wieder: »Im vierten Jahre war's, seit ich mich selbst heimatlos gemacht, und ich arbeitete just als Knecht in einem Dorfe an der Suczawa. Da gab es nun eines Sonntags eine große Lustbarkeit; ich aber blieb daheim. Und wie ich so einsam in meiner Kammer brüte, höre ich plötzlich meinen Namen rufen – der Severko! Ich greife unwillkürlich nach der Hacke in der Ecke, aber er sagt gelassen: ›Laß das, Matko! Daß du damals mein Blei mit deinem Leibe aufgefangen, hat dir geringen Dank gebracht, und noch weniger braucht es uns zu Feinden zu machen. Durch einen Zufall erfuhr ich, daß du hier bist, und freue mich, daß ich dich gefunden. Ich war kürzlich in deiner Heimat. Dein Bruder heiratet die häßliche Parasia, Tiana aber ist jetzt um seinetwillen das Gespött des Dorfes ... Was siehst du so furchtbar drein?‹ fügte er hinzu. Und wahrlich, wenn meine Miene verkündete, was mein Herz empfand, so mag sie wohl in jenem Augenblick nicht heimlich gewesen sein. ›Geh!‹ sagte ich, dann warf ich mich auf den Boden hin und blieb da liegen, bis mich die Stimmen meiner Hausgenossen aufschreckten, die vom Feste heimkamen. Da erhob ich mich, griff zur Büchse und verließ das Haus. So trat ich in tiefer Nacht meinen Rachegang an.

Es war zur Sommerszeit, auf den Feldern wogte die reife Saat, und in den Gärten blühten die Rosen. Die Nacht und einen Tag wanderte ich dahin, dann aber dachte ich: Jede Minute, die ich den Schurken noch atmen lasse, ist eine Sünde an mir! – Und so mietete ich denn ein Roß und ritt nordwärts, Stunde um Stunde, so rasch es das arme Tier ertrug. In der Dämmerung des dritten Tages, eines Sonntags, brach es auf der Straße bei den ersten Häusern von Panowka unter mir zusammen. Ich ließ es liegen, nur meine Büchse nahm ich auf und schlug den Weg gegen Solowince ein.«

Er atmete tief auf.

»Ich gehe in die Nacht hinein, schwer atmend und so rasch, wie mich die Füße tragen wollen. Der Mond ist aufgegangen und läßt den Staub des Pfades erschimmern, der sich, am ›Starosten-Weiher‹ vorüber, durch die Felder gegen Solowince windet. Es ist dies ein trübes, tiefes Wasser und hat seinen Namen daher, weil die Leute erzählen, daß hier ein Starost von seinem ungetreuen Weibe und ihrem Liebsten ertränkt worden. Auch geht die Sage, daß das Gespenst der Mörderin oft des Nachts am Ufer sitze und weine und die Untat verfluche. Aber daran dachte ich nicht, wahrlich, Herr, keinen Augenblick, nur ein Gedanke füllte mir das Hirn: Wo suchst du den Hawrilo zuerst auf? Aber wie ich so dahineile, dem Weiher zu, schlägt plötzlich ein Stöhnen an mein Ohr, und wie ich aufblicke – heiliger Gott! Nicht zwanzig Schritte vor mir, dicht am Rande der dunklen, stillen Flut, steht des Starosten Weib ... Mein Fuß wurzelte am Boden, ich starre die Erscheinung an: eine helle

Gestalt, das Haar gelöst, die Hände vors Antlitz gedrückt. Unmöglich! denke ich. Das ist ein irdisch Weib! Und dann wieder: Was sollte ein Weib hier, an dem unheimlichen Orte, den man selbst bei Tage nur scheu betritt? – Sie regte sich nicht, sie gewahrt mich nicht, nur ein Stöhnen vernehme ich, und es läßt mein Herz vor Grauen stillstehen. – Eines Mordes wegen, denke ich, ist sie verflucht, und ein Mord ist's, den du vorhast! Vielleicht hat Gott sie just zu dieser Stunde emportauchen lassen, dir zur Warnung – vielleicht auf Fürbitte deiner toten Mutter ... Aber dann wieder: Vorwärts! Er muß sterben! Was hast du noch mit Gott und allen guten Geistern zu tun! Vorwärts! Und dies alles zuckt mir fast gleichzeitig durchs Hirn, in einem Atemzug, hundertfach rascher, als ich es hier erzählen kann ...

Wie Blei liegt's mir in den Füßen, ich muß alle Kraft zusammennehmen, um weiterzugehen – einen, zwei, drei Schritte, dann bezwingt mich mein Grauen, und ich bleibe abermals stehen. Sie aber – schon hat sie den Schall meiner Schritte vernommen, läßt die Hände sinken, blickt nach mir hin, und ein leiser Schrei tönt von ihren Lippen ... Nun sehe ich im blassen Schimmer des Mondes ein weißes Antlitz und daß das flatternde Haar golden ist, und sehe, wie sie unwillkürlich das gelöste Gewand über dem Busen zusammenzieht. Eine Verzweifelte! denke ich. Vielleicht eine Wahnsinnige – was geht's dich an? Vorwärts! Wieder gehe ich einige Schritte auf sie zu. Sie aber – o Herr, wie mir nun wurde ... ›Matko!‹ schreit sie auf und starrt mich entsetzt an, und nun erkenne ich die Züge ... ›Matko!‹ wiederholt sie gellend, und wie ich auf sie zueile, springt sie in den Weiher ...

Kaum drei Atemzüge später stehe ich an dem Ufer des Weihers. Aber nichts ist mehr von der Tiana zu sehen; ich sehe im ungewissen Schein des Mondes nur das leichte Kräuseln der Flut. Da habe ich aber auch schon die Büchse von mir geschleudert und bin hineingesprungen ... Ich schwimme das Ufer entlang, kalt umspült die dunkle Flut meine erhitzten Glieder, daß mir das Blut wild in den Ohren braust und meine Kraft ermattet, und wie ich so die

Wasser teile, denke ich: Herrgott, laß sie mich retten und nimm mein Leben dafür! Und dann wieder: Sterben, o wie gut das wäre! Du Tor, was regst du Arme und Füße? Laß dich hinabsinken, hinab – hinab! Schon fühle ich die Glieder schwerer werden, und wie mich mein durchnäßtes Gewand hinabzieht, da taucht fern von mir, fast in der Mitte des Weihers, etwas Helles auf: eine Hand und das goldene Haar ... Das gibt mir neue Kraft, und da bin ich neben ihr, fasse die Bewußtlose und bringe sie ans Ufer ...

Ich weiß noch ganz genau, was ich dachte, als ich so neben ihr kniete und ihre Pulse rieb, ihre Hände in den meinen zu erwärmen suchte. Es war kein Groll mehr in mir und kein Abscheu vor der Schmach, mit der sie sich bedeckt, und selbst die Liebe schwieg, und nur das Erbarmen füllte mir das Herz – ein großes, heißes Erbarmen. Du gütiger da droben, flehte ich in meinem Herzen, niemals bist du milde gegen mich gewesen, sei es jetzt – jetzt! Gedenke, was über mich, was über dieses Geschöpf gekommen – wir sind ja auch deine Kinder –, laß sie nicht so elend verkommen! Und Gott erbarmte sich meiner, so wähnte ich damals; später habe ich über diese Fügung anders denken gelernt. Nun, gleichviel, während ich also hilflos neben der Bewußtlosen verweilte, kamen zwei Männer von Solowince her den Fußpfad gegangen. Auf meinen Hilfeschrei kamen sie herbei, es waren Spielleute von Panowka, welche just Geige und Cymbal auf dem Rücken heimschleppten. ›Alle Heiligen!‹ riefen sie. ›Der Matko ist wieder da ... Oh, das arme Mädchen! Sprich nicht, wir verstehen alles! Heute war ja die Hochzeit des Hawrilo.‹ Wieder faßte und schüttelte mich die wilde Wut gegen den Schurken. ›Heute, sagt ihr?‹ – ›Heute!‹ bestätigten sie. ›Wir kommen eben von dem Feste.‹ Sie erwiesen sich mir hilfreich; wir luden die Tiana auf und brachten sie in des Geigers Haus in Panowka. Sein Weib begann sich alsbald barmherzig um die Ohnmächtige zu mühen; auch der alte Pfarrer, der den Leuten seines Dorfes als Arzt diente, wurde geholt.

Ich aber saß während dieser Zeit allein auf dem Vorbänkchen vor des Geigers Hause. Zuweilen horchte ich auf, ob nicht von drinnen her eine Botschaft käme, aber immer und unablässig lauschte ich den wirren Stimmen, die mir im Herzen kämpften und riefen: ›Was geht's dich an, ob sie am Leben bleibt oder stirbt, dir ist sie tot ... Du hast nur eines noch auf Erden zu verrichten, morgen den Hawrilo zu töten!‹ Aber dazwischen flüsterte es: ›Erbarme dich ihrer, steh ihr bei – du hast sie ja einst so sehr geliebt! – Und du liebst sie ja noch!‹ sprach es dann. ›Und wenn ihr beide vergessen könntet, was einst war ...‹ – ›Nimmermehr!‹ knirschte ich auf. ›Nimmer – wenigstens so lange nicht, als der Schurke lebt. Wenn er tot wäre, wenn er nicht lächeln könnte, sobald er es vernimmt ... Er muß sterben, und hätte er tausend Leben, ich müßte sie ihm nehmen!‹ – ›Und was dann?‹ flüsterte wieder die sanftere Stimme. ›Dann findet die Tiana zum zweiten Male den Weg zum Weiher, und du stirbst am Galgen. Du fragst nicht nach dir! Wohl, so frage nach ihr – hast du sie deshalb aus der Flut gezogen, daß sie im Schlamm verkomme?‹ Und wieder begann jene Empfindung in mir mächtig zu werden, die mich erfüllt, als ich am Weiher neben ihr gekniet, das tiefste, heißeste Erbarmen, und nicht bloß mit ihr, auch mit mir selbst ... Wodurch hatten wir verdient, was über uns gekommen! Und vielleicht war es der Wille des da droben, die beiden Unglücklichen einander zuzuführen, indem er mich just um diese Stunde an den Weiher führte ...

In dieser Stimmung traf mich der hochwürdige Herr, als er im Morgengrauen das Haus verließ. ›Sie lebt!‹ sagte er. ›Und wenn sie aus dem tiefen Schlafe erwacht, in den sie nun gesunken, wird ihr Leib gesund sein. Aber ihre Seele ...‹ Er seufzte tief auf und blickte mich bewegt an. ›Matko!‹ sagte er. ›Ich kenne deine Geschichte; wenn du es versuchen wolltest, der Unglücklichen ein Bruder zu sein ... Sie hat es mir eben gesagt: »Ich hätte die Tat nicht gewagt, wenn ich dadurch noch ein anderes Leben getötet hätte!« Wer so spricht, ist eines besseren Loses wert! Willst du, Matko?‹ – ›Ich will's!‹ stammelte ich, und die Tränen überströmten mein Antlitz. ›Ich will's!‹

Ein *Bruder* – wie eine Offenbarung überkam es mich: Das war das Rechte!

Und noch selbigen Tages tat ich alles, was an mir lag, diesen Entschluß durchzuführen. Ich trat vor die Tiana: ›Ich fordere nichts von dir, als daß du lebst und dir meine Hilfe gefallen lassest. Wir wollen weit wegziehen, unter fremde Menschen, und da ein Gütchen erwerben und wie Geschwister zusammen hausen, bis sich vielleicht ein braver Mann findet, der dich zum Weibe begehrt und dem du gerne folgen magst. Willst du mit mir gehen?‹ Sie konnte vor Schluchzen lange nicht antworten. Dann fing sie mich zu beschwören an, daß ich sie ihrem Schicksale überlassen möge, sie verdiene ja nicht, in meiner Nähe zu atmen. Endlich aber, da ihr auch der Hochwürdige zusprach, sagte sie: ›So will ich denn deine Magd sein, Matko, und dem edelsten Menschen zu vergelten suchen, was er gestern und heute an mir getan!‹

Nachdem ich mit dem Pfarrer meinen Plan durchberaten, daß wir uns fern, im westlichen Galizien, ansiedeln sollten, ging ich am nächsten Morgen nach Solowince, mein Erbteil zu fordern. Als ich an den Weiher kam, gewahrte ich etwas, was ich damals für ein Zeichen Gottes hielt. Du weißt, ich hatte in jenem entsetzlichen Augenblick meine Büchse achtlos aus der Hand geschleudert. Nun blieb ich stehen und spähte nach ihr aus. Vergeblich! Schon dachte ich, daß irgendein unredlicher Finder sie an sich genommen, als ich ein helleres Schimmern in der Flut gewahrte, tief unter dem stillen Spiegel. Es war der Lauf der Büchse, über dem die Sonne spielte – sie stak im Moorboden, an einer Stelle, wo niemand sie mehr hervorholen konnte. Das machte mir das Herz weich, und ich dachte: Gott selbst hat es so gewollt, daß diese Waffe für jetzt und immerdar keiner Untat diene – ihm beuge ich mich, sein Wille sei gelobt! In dieser Stimmung setzte ich die Wanderung nach meinem Heimatdorfe fort, fest entschlossen, im Frieden mein Recht zu fordern. Auch dieser Vorsatz glückte. Meinen Bruder sah ich nicht, nur sein junges Weib trat mir entgegen, zitternd vor Angst, so daß sie noch viel grüner und häßlicher aussah als gewöhnlich. Elender! dachte ich im stillen. Von einem Weibe wie die Tiana geliebt werden und ein solches Jammergeschöpf um des Geldes willen heiraten! Wahrlich, eigentlich hast du dich selbst hart genug gestraft! – Sie führte mich vor meinen Vater, auch er war bleich und zitterte; offenbar fürchtete er der Tiana wegen meine Vorwürfe und atmete auf, als ich nur die Abrechnung forderte. Das war rasch abgemacht, auch bezüglich des Erbteils der Waise; er holte das Geld hervor, welches die Parasia vorgestern ins Haus gebracht, und zählte mir unserer beider Forderung bis auf den letzten Gulden zu. Als ich das Geld einstrich und der Richter und der Dorfschreiber herbeigerufen wurden, als Zeugen zu dienen, daß ich mein Erbe erhalten, mochte er das Bedürfnis fühlen, sich vor ihnen zu rechtfertigen, oder rührte sich sein Herz – gleichviel. ›Matko‹, sagte er bewegt, ›willst du mir nicht ein gutes Wort zum Abschied sagen? Ich habe an dir und dem Mädchen gefehlt, aber minder schwer, als du glaubst; und erwäge, daß auch du nicht ohne Schuld bist. Es wäre alles anders gekommen, wenn du die guten Worte beachtet hättest, die ich dir vor neun Jahren, bei deiner Heimkehr von Horowka bot!‹ Es war mir schwer, darauf zu erwidern. Endlich sagte ich: ›Ich will nicht im Groll von dir scheiden. Aber erinnere mich nicht daran, wie alles hätte kommen können und sollen! Wir wollen nicht daran rühren. Leb wohl, Vater!‹ Ich bot ihm die Hand, er schlug ein. Das war das letzte Mal, daß wir einander gesprochen haben. Er ist schon zwei Monate später gestorben, fast genau ein Jahr nach der Mutter, rasch und schmerzlos, auch in diesem Letzten ein Glücklicher dieser Erde. Unsere Rechnung, soweit sie zu bezahlen war, haben wir geschlichtet, die andere steht vor einem höheren Richter ... Friede mit ihm, Friede mit meinem Vater.«

Er hatte dies letzte ohne Rührung gesprochen, ernst und laut. Seine Stimme begann erst unsicher zu werden, als er fortfuhr: »Und nun, Herr, nun muß ich berichten, wie es sich mit mir und der Tiana fügte. Nächsten Morgen schon brachen wir aus Panowka auf, obwohl sie noch recht schwach war; aber wir beide empfanden jeden Atemzug in der Luft der Heimat wie eine Qual. Wie gesagt, wir wollten irgendwo in Mazurien ein Gütchen erwerben und als Geschwister darauf hausen. Nun, es ist aus beidem nichts geworden. Als wir in das nächste Städtchen kamen, nach Czortkow, erzählten uns die Leute so schlimme Dinge von der Unfruchtbarkeit des Bodens und von dem friedlosen Leben unter den Mazuren, daß wir beschlossen, uns südwärts zu wenden, nach dem Lande, das ich von meinen Wanderjahren her am besten kannte, der Bukowina. Auch jenen andern Vorsatz vermochten wir nicht einzuhalten – nach sechs Wochen traute mir ein Priester die Tiana als mein Weib an.

Es war ein seltsames Wandern gewesen in den ersten Tagen. Ich hatte für unser Gepäck und für das Mädchen, welches noch zu schwach war, um gehen zu können, ein Pferd gemietet und schritt so neben ihr her, das Tier am Zügel führend. Wenn wir in eine Herberge kamen, so überließ ich sie der Obhut der Wirtin; auch schlossen wir uns am Wege, sowenig dies sonst nach unserem Sinne war, doch lieber an Mitreisende an, nur um nicht allein miteinander sein zu müssen. Denn da war es uns schwül und bang ums Herz; selbst das gleichgültigste Wort trat schwer über die Lippen und klang bedeutungsvoll. Ich erzitterte, wenn mich ihr Gewand streifte, und blickte ich sie an, so ward sie über und über rot. Zwei Wochen wanderten wir so im Lande umher, je nachdem uns die Kunde wurde, daß hier oder dort ein Gütchen feilstehe. Aber eines, das uns getaugt hätte, fanden wir nicht, und wie dies die Peinlichkeit unserer Lage verschärfte, so mehrte es auch unsere Befangenheit, daß uns die Leute überall für ein junges Ehepaar hielten und, wenn wir unsere Ausrede vorbrachten, erstaunt den Kopf schüttelten. So kamen wir auch in die Gegend von Kotzman. Ich weiß nicht, Herr, ob du je dort gewesen bist; es ist ein weiherreiches Tiefland; fruchtbare Äcker und dürre Heide wechseln miteinander ab; wer in Podolien geboren ist, kann glauben, wieder in der Heimat zu sein. Dies griff uns armen, einsamen Flüchtlingen ans Herz, und wir beschlossen, uns hier anzukaufen, wenn es nur irgend ginge. Ein Schenkwirt machte uns auf ein kleines Anwesen im Dorfe Rudkowce aufmerksam, und so brachen wir dahin auf.

Es war ein heißer Tag, versengend brannte die Sonne auf die Ebene nieder, nur von Süden her strich der Wind und wirbelte den Staub der Straße auf. Nach kaum drei Stunden waren wir so ermattet, daß wir zu rasten beschlossen. Ein Wirtshaus war nicht am Wege zu erspähen, wohl aber standen da einige schattige Linden um einen Brunnen, neben dem sich ein großes, rot angestrichenes Holzkreuz erhob. Hier hielten wir an, erfrischten uns an dem kühlen Wasser und verzehrten das mitgenommene Brot. Die Tiana saß auf der Steinstufe am Brunnen, und ich stand neben dem Pferde; wir sprachen nichts und blickten einander nicht an. Während wir so in schwülem Schweigen verweilten, kamen einige Fuhrleute vorüber; es waren ›Tschumaken‹, Männer aus der Ukraine, welche Salz der Grenze zuführten. Es sind dies in der Regel mutwillige Leute, und auch diese machten keine Ausnahme. ›Habt ihr euch gezankt?‹ rief uns der eine zu. ›Seht nur, wie das Pärchen schmollt!‹ – ›Was dir nicht beifällt!‹ sagte ein anderer. ›Das sind keine Eheleute! Eine Taube vermählt sich nicht mit einem Uhu!‹ Darauf lachten die übrigen, ich aber wandte mich ab, und übermenschliche Mühe kostete es mich, ruhig zu bleiben. Ich hätte mich auf den Spötter stürzen und ihn niederschlagen, ich hätte vor blutigem Weh aufschreien mögen wie ein verwundetes Tier! Nie, nie vorher hatte mich das Bewußtsein meiner Häßlichkeit so furchtbar geschmerzt, so tief gedemütigt.

Welches Gesicht die Tiana dazu machte, ich weiß es nicht, ich blickte sie nicht an. Aber wie ich so stehe, Herr, und mich als den Unglücklichsten der Menschen fühle, legt sich plötzlich ihr Händchen auf meine Schulter. Und wie ich aufblicke, sehe ich, wie ihr die Tränen aus den Augen brechen und das glühende Antlitz betauen. ›Matko!‹ schluchzt sie. ›Du lieber, guter Matko, gräme dich nicht – es ist ja nicht wahr …‹ Ich starre sie wortlos an, fester muß ich mich an das Tier lehnen, weil ich fühle, wie mir die Knie wanken. ›Was?‹ stammle ich endlich. ›Was ist nicht wahr?‹ – ›Daß du häßlich bist!‹ stößt sie unter Tränen hervor. ›Auch ich habe es einst geglaubt und weiß es nun besser ... Wer ein so schönes Herz hat, dem sieht man es an.‹ – ›An den Augen etwa?‹ rufe ich verzweifelt. ›Ich habe ja den »bösen Blick«!‹ – ›Nein!‹ wehrt sie hastig ab und hebt die gefalteten Hände flehend zu mir empor. ›Quäle dich nicht mit diesem Gedanken, Matko, es war ja alles Lüge und Verleumdung und Dummheit der Menschen. Denke daran, was dir die Babusia einst gesagt ... Matko, glaub es nicht!‹ – ›Und du‹, rufe ich atemlos, ›du glaubst es nicht mehr? Und dir graut nicht mehr vor mir?‹ – ›Nein, nein!‹ Da reiße ich sie an mich und küsse ihren Mund. Aber nur einen Augenblick halte ich sie in meinen Armen, dann trete ich zurück. ›Tiana‹, sage ich. ›Überlege es wohl! Willst du mein Weib werden?‹ – ›Deine Magd!‹ schluchzt sie auf und stürzt zu meinen Füßen nieder. ›Wie verdiente ich es, noch dein Weib zu werden ...! Nein, ich will in deinem Hause leben und für dich und dein Weib arbeiten. Eine andere wirst du wählen, die deiner wert ist.‹ – ›Du verwirfst meine Werbung?‹ – ›Matko!‹ schluchzt sie. ›Erbarme dich doch meiner – tue doch deine Augen auf und erkenne, wie es um mein Herz steht! Es wäre ja mein höchstes Glück, nur verdiene ich es nicht und wage darum nicht zu glauben, daß es mir noch auf Erden wird!‹ Da hebe ich sie empor und frage wieder: ›Dir graut nicht vor mir? Und du schwörst, daß du mir ein treues, liebendes Weib sein willst?‹ – ›Ich schwöre es!‹ erwidert sie feierlich. – ›Täuschest du mich nicht? Und nicht dich selbst?‹ – ›Nein! Ich schwöre es!‹ wiederholt sie. ›Welche Nichtswürdige müßte ich sein, um in solcher Stunde zu lügen!‹ Da ziehe ich sie wieder an mich heran und küsse sie auf die Stirn. ›Du bist nun meine Braut‹, sage ich, ›und im nächsten Dorfe verweilen wir, um uns so rasch, als es die Förmlichkeiten erlauben, trauen zu lassen. Und nur dies eine weiß ich von dieser Stunde ab, daß du mich liebst, und alles andere, was hinter uns liegt, habe ich vergessen ...‹

Das war meine Verlobung mit der Tiana, und, sagt' ich schon, vier Wochen später folgte die Trauung in Rudkowce, wo ich das

Gütchen erwarb. Das Haus stand leer, ich zog vorläufig allein hinein, und die Tiana wohnte bei den Küstersleuten, bis ich sie als mein Weib in mein Haus führen durfte.

Vielleicht, Herr, vielleicht habe ich mich in den ersten Monaten meiner Ehe nicht bloß für glücklich gehalten, sondern bin es auch gewesen, vielleicht hat mich mein Weib damals wirklich geliebt, das heißt, soweit als heiße Dankbarkeit die Liebe ersetzen kann ... Aber es währte nicht lange, und ich ward unglücklich wie nur je zuvor, ja, noch viel schwärzer ward mein Los ... Ich habe früher, wenn ich daran dachte, die Menschen bitter angeklagt und ihnen die Schuld für mein Elend aufgebürdet. Das tue ich heute nicht mehr, sondern sehe ein, daß alles gekommen ist, wie es kommen mußte.

Du weißt, daß man in jedem Dorfe die Ansiedlung eines Fremden nicht gerne sieht. Meine Nachbarn in Rudkowce konnten nicht verhindern, daß ich meinen Hof erstand, aber liebreich wären sie mir zunächst nicht entgegengekommen, und wenn ich ein Mensch wie alle andern gewesen wäre. Und nun war ich – eben ich, der Mensch mit dem ›bösen Blick‹! Ja, diese furchtbare Gabe war mir wirklich schon damals auferlegt – Schüttle nicht wieder den Kopf, Herr –, es fügte sich wirklich viel Unheil durch mein Zutun, und die Leute kamen auch bald auf die richtige Ursache und verwünschten meine Ansiedlung und befehdeten mich auf Schritt und Tritt, soweit sie es straflos konnten. Ich verschweige, was sie mir alles antaten, es ist ohnehin eine Kleinigkeit, ein Nichts gegen das Furchtbare, was gleichzeitig über mich kam. Ich meine das Verhältnis zu meinem Weibe. Ich will nicht lügen, sie gab sich anfangs redliche Mühe, das drohende Unheil abzuwehren. Wenn ich heimkam, verbittert über die Niedertracht, die ich an meinem Besitz erfahren, oder entsetzt über eine Tatsache, die mir neuerdings bestätigte, daß mir der da droben die grauenhafte Gabe auferlegt, so war sie es, die mich zu trösten, mir Groll und Grauen aus der Seele zu verscheuchen suchte. ›So bedenke doch, was die Babusia gesagt!‹ wiederholte sie immer wieder wie einst in Solowince und dann unter jenem roten Kreuz am Wege. ›Schlage es dir aus dem Kopf, begegne den Leuten nicht so scheu und finster, und sie werden allmählich anders gegen dich werden!‹ Es fruchtete nichts, obwohl auch ich mir anfangs Mühe gab – später freilich nicht mehr, da ich mein Verhängnis klar erkannte. Und es wuchs sogar!«

Die Stimme des Greises sank zum Flüstern herab, er beugte sich näher zu mir herüber, als wollte er mir ein Geheimnis anvertrauen, und jener unheimliche Schimmer, der ab und zu in seinen Augen aufglänzte, wurde stärker, als ich ihn früher gewahrt.

»Nicht bloß mein Blick, auch mein *Wort* brachte nun anderen Verderben. Es genügte, daß jemand meine Stimme *hörte*, und es geschah ihm Leides! Glaubst du auch dies nicht?«

Ich erwiderte nichts, und der Unselige beharrte auch nicht auf einer Antwort.

»Also«, fuhr er fort, »es wurde immer schlimmer um mein Verhältnis zum Dorfe, und immer größer ward auch die Kluft zwischen meinem Weibe und mir. Anfangs fürchtete ich bloß, daß ihr Grauen wiederkehren könnte, dann bildete ich mir ein, daß es vielleicht gekommen, und endlich kam es wirklich über sie, und sie schauerte zusammen, wenn ich in die Stube eintrat, schauerte, wenn ich ihre Hand faßte, ja, als sie mein neues Unheil merkte, so oft, als ich zu ihr sprach. Dies bringe ich nicht zu ihrer Anklage vor; auch sie konnte nicht anders. Und ich muß sogar zu ihrer Entlastung sagen, welch schweres Leben sie hatte. In einem fremden Dorfe, eines Gemiedenen Weib, in einer Wirtschaft, die trotz all meiner Mühe rückwärtsging, weil ich eben von den anderen geschädigt und gehemmt wurde, und dazu, was das Schlimmste, jene Empfindung gegen den Gatten im Herzen – auch ihr Dasein mag qualvoll genug gewesen sein.

Zwei Begebenheiten machten es uns vollends zur Hölle. Als ich einmal allein auf einer Wiese mähe – schon bricht die Dämmerung ein, und ich darf die Sense noch immer nicht aus der todmüden Hand legen, da mir eben wieder einmal ein Knecht plötzlich aus dem Hause gegangen, weil er bei dem Menschen mit dem ›bösen

Blick‹ nicht hat bleiben wollen –, also wie ich so allein arbeite, kommt von der Straße her ein Mann auf mich zu, dessen Haltung mir schon von ferne auffallend ist: So schreiten die Leute aus den Bergen ... Nun, es ist der Severko. – ›Matko!‹ beginnt er. ›Höre mich an, ich bitte dich!‹ – ›Nein!‹ sage ich. ›Hinweg mit dir – sonst ...‹, und ich hebe die Sense. ›Ich habe ja Gutes mit dir vor‹, fleht er. ›Sieh, wir sind ja einst beide gleich unglücklich gewesen; nun da du glücklich geworden bist, erbarme dich meiner! Nimm mich als Knecht an! Keiner wird dir treuer dienen als ich, und Lohn begehre ich nicht, selbst das Essen will ich mir durch Arbeit vor Tage und des Abends bei anderen verdienen, wenn du es so verlangst!‹ Mein Blut kocht auf, denn ich ahne, welche Frechheit in diesem Antrag liegt, aber noch halte ich an mich. ›Und warum willst du bei mir zu so harten Bedingungen eintreten?‹ frage ich. Er seufzt tief auf und bedeckt die Augen mit den Händen. ›Der Tiana wegen!‹ stößt er stöhnend hervor. – ›Hund!‹ schreie ich auf und will mich auf ihn stürzen. Er aber fährt gleichen Tones fort: ›Warum erzürnt dich dies so? Weißt du denn nicht, daß sie mich verabscheut, daß ich nie ein freundliches Lächeln von ihr zu erhoffen habe? Sie ist dir das bravste, treueste Weib, kein Mensch könnte dir den Hausfrieden stören; ich aber gewiß zuletzt unter allen Menschen ... Dies ist keine Heuchelei von mir‹, fährt der seltsame Mensch fort, ›ich schwöre es dir, so wahr ich wünsche, daß meine tote Mutter Frieden habe im Grabe: Ich bin fest überzeugt, daß ich mir nur die Qual verdopple, wenn ich unter einem Dache mit ihr lebe, und dennoch schmachte ich danach, sie täglich zu sehen und dieselbe Luft mit ihr zu atmen ... Sieh, Matko, würde ich so zu dir sprechen, wenn ich irgendwelche vermessene Hoffnung hegte? So spricht nur ein Unglücklicher zu seinem einstigen Schicksalsgenossen! Auch brauchst du nicht zu fürchten, daß mich etwa die Eifersucht zu einer Untat an dir treiben könnte! Ich beneide dich, aber ich hasse dich nicht, denn du hast es ehrlich mit ihr gemeint und sie zu deinem Weibe gemacht. Und darum, Matko, erbarme dich meiner!‹ Ich sehe ihn an, und es ist eine solche Verzweiflung, ein so angstvolles Flehen in seinen Worten und seinem Antlitz, daß ich meinen Zorn schwinden fühle. Wie Mitleid kommt es über mich. Dieser Mensch, denke ich, ist noch unglücklicher als du! Und darum sage ich ihm ruhig: ›Es kann nicht sein! Geh, und wenn ich dir gut raten will, so laß dich nie wieder im Dorfe blicken ...‹ – ›Ich werde bleiben!‹ erwidert er, aber nicht etwa trotzig, sondern in demselben Tone dumpfer, stumpfer Verzweiflung, ›Was habe ich zu befürchten? Daß du mich tötest? Dann wäre mir wohl! Ich bleibe, weil ich in ihrer Nähe bleiben muß! Lange genug habe ich es anders gehalten und zu vergessen gesucht, es geht nicht, Matko. Ich bleibe!‹ Er wendet sich ab und geht ...

Nun, Herr, er hat sein Wort gehalten und ist geblieben. Bei meinem Nachbar, nicht zwanzig Schritte von meinem Hause, fand er einen Dienst. Auch im übrigen kam es, wie er vorausgesagt; mein Weib verabscheute ihn, und obwohl er sich ihr nie zu nahe wagte, war ihr doch seine Nähe qualvoll genug. Und ebenso mir, obgleich ich nicht eifersüchtig war. Aber der Mensch stand von Stund ab in unserem ohnehin düsteren Leben wie eine Gewitterwolke ... Das zweite aber begab sich mit – mit unserem Kinde.«

Die Stimme versagte ihm, und als er nun fortfuhr, drängten sich die Worte mühsam über seine Lippen. »Furchtbar war's – furchtbar ... Wenn ich daran denke, dunkelt es mir im Hirn ... Im zweiten Jahre unserer Ehe sollte uns ein Kindlein geboren werden. Ich jubelte nicht, als mir mein Weib dies zuerst sagte, denn mich lahmte der Gedanke: Es wird dir gleichen und deinen Fluch erben! – Und dieselbe Furcht machte ihr Herz erbeben. Wir sahen der Geburt des Kindes entgegen nicht wie zwei Menschen, denen der Himmel zuerst sein bestes Glück bescheren will, sondern wie zwei Verurteilte, die nur noch zuweilen, in besonders lichten Stunden, auf Begnadigung hoffen.

Gott verurteilte uns: Das Kind, ein Knabe, sah mir ähnlich. Nach wenigen Wochen ward es deutlich erkennbar: Es glich mir Zug um Zug und hatte meine Brauen, meine Augen. Und deshalb flößte meinem Weibe sein eigen Fleisch und Blut Entsetzen ein, und deshalb konnte sie es nicht sehen ... Nun wußte ich, was mein Weib für mich empfand. Ich mußte eine Amme ins Haus nehmen, das Kind gedieh schlecht, nach zwei Monaten starb es. Seine Geburt hatte die Kluft zwischen uns tief und breit gerissen, seit seinem Tode gingen wir nun vollends wie zwei Gefangene, die nur durch eine Kette aneinandergebunden sind, nebeneinanderher. Ich wurde den Gedanken nicht los: Es ist gestorben, weil ihm seine Mutter nicht die Nahrung reichen mochte! – Und stundenlang saß ich auf dem kleinen Grabhügel, und dennoch beklagte ich seinen Tod nicht. Und sie? Oh, wie muß auch ihr zumute gewesen sein, denn sie war ja doch eine Mutter, die ihr Kind mit Schmerzen geboren. Wenn ich damals an die Zukunft dachte, so graute mir vor der endlosen Qual und daß wir dies Leben Jahr um Jahr würden fortschleppen müssen. Aber das Schicksal sorgte dafür, daß es anders endete; denn mich verabscheute sie ja nun ganz und gar, und ... ›Alte Liebe rostet nicht!‹ – das ist ein kluges Sprichwort!« Er lachte gellend auf.

»Drei Monate nachdem ich mein Kind begraben, tritt eines Tages in der Dämmerung der Severko auf der Straße an mich heran. ›Gestern war die alte Stasia aus Solowince hier – du wirst sie schwerlich gesehen haben?‹ – ›Nein!‹ erwidere ich. ›Da ich in Kotzman war. Aber mein Weib hat mir von dem Besuch erzählt. Die Alte wallfahrtet nach dem Kloster Putna und ist auf dem Wege bei uns eingekehrt!‹ – ›Sie ist nur zu deinem Weib gewallfahrtet, um ein gutes Wort für ihren Schutzpatron einzulegen, den lieben Hawrilo!‹ – Das läßt mich kalt. ›Du lügst!‹ sage ich und will weitergehen. Er aber faßt meinen Arm. ›Sei auf deiner Hut!‹ raunt er. ›Deine Schwägerin Parasia ist tot. Der Hawrilo hat die Stasia hierhergeschickt, damit sie es der Tiana erzähle und sie frage, ob sie sich nicht von dir scheiden und ihn nehmen wolle! Es ginge leicht, meint er, denn ihr seid ja griechischen Bekenntnisses, also die Ehe lösbar!‹ – Ich stehe wortlos, wie vom Blitze getroffen. ›Unmöglich!‹ stammle ich. – ›Was?‹ fragt er. ›Daß er es wirklich tun will? Da hast du recht, dieser Mensch meint es mit niemand ehrlich! Aber daß er die Stasia gesendet, ist wahr. Frage nur dein Weib!‹ – Ich gehe heim; es dunkelt schon stark, da ich eintrete. Ich kann meines Weibes Züge nicht deutlich sehen, als ich sie zur Rede stelle, aber ihre Stimme höre ich, und diese klingt fest und feierlich wie ein Schwur, als sie mir erwidert: ›Der Schurke will dich zum Brudermörder machen; es ist kein Wort wahr; was ich dir einst bei jenem roten Kreuz am Brunnen zugeschworen, halte ich dir bis zum letzten Atemzuge!‹ Und ich – ich glaube ihr, und wie ich am nächsten Tage wieder dem Severko begegne, da sage ich ihm: ›Hüte deine Zunge; lästerst du noch ferner meines Weibes Ehre, so könnte es dir dein Leben kosten!‹ Er sieht mich starr an und seufzt tief auf. ›Das ist entsetzlich!‹ sagt er. ›Ich habe die Tiana nicht gelästert und nur von einer Kunde berichtet, die ihr zugekommen. Dafür konnte sie nichts! Aber daß sie es nun noch vor dir verbirgt, deutet ernstlich auf Böses!‹ Ich aber – ich hätte ihn wohl mit den Händen erwürgt, wenn nicht Leute herbeigeeilt und ihn von mir losgemacht hätten. Nun, ich tat ihm unrecht. Wieder einen Monat später mußte ich nach Czernowitz reisen, um ein trauriges Geschäft einzugehen: eine Schuld auf mein Anwesen aufzunehmen; so tief hatten mich das Unglück und die Feindschaft meines Dorfes bereits herabgebracht … Über eine Woche bin ich schon in der Stadt, da tritt eines Morgens der Severko in der Herberge bei mir ein. Der Mensch sieht furchtbar aus, fahl wie ein Toter, und seine Augen glühen wie im Wahnsinn. ›Gottlob‹, sagt er mir, ›nun ist die Stunde gekommen, wo wir beide ihn richten können!‹ – ›Wen?‹ – ›Den Hawrilo! Er hat gestern morgens dein Weib nach Solowince entführt!‹ Da greife ich mir ans Herz und sinke ohnmächtig zu Boden …

Drei Stunden später war ich soweit, um mit Severko aufbrechen zu können. Wir ritten bis Tluste unsere Pferde zuschanden, dort mieteten wir neue und jagten weiter, zwei Tage und zwei Nächte. Das Pärchen war zu Wagen aufgebrochen und reiste gemütlich; wir mühten uns, es noch vor Solowince einzuholen …«

Der Unselige griff sich an die Stirn, es machte ihm offenbar furchtbare Mühe weiterzusprechen. »Nun – dies gelingt auch. Auf dem Wege zwischen Panowka und Solowince holen wir sie ein, dicht am Starosten-Weiher. ›Halt! Steigt aus!‹ – Sie gehorchen. Fast gleichzeitig drücken wir unsere Büchsen auf den Hawrilo los; er sinkt röchelnd in den Staub ... Die Tiana aber hat sich erhoben und stürzt dem Weiher zu – der Severko ihr nach, aber er erreicht sie nicht mehr. Fast an derselben Stelle wie einst springt sie in die Flut. Er folgt ihr, aber als er sie endlich ans Ufer bringt, ist sie schon tot ...

Ich habe dem zugesehen, starr und stumpf, keiner Bewegung mehr fähig. Ich erwache erst aus meiner Betäubung, als die Stimme des Sterbenden an mein Ohr schlägt. ›Sei verflucht!‹ röchelt er. ›Du und alle Menschen! Lebe, ihnen zum Fluche zu sein! Dein Blick sei Tod und deine Stimme Verderben – immer und allen ... Lebe, lebe, und möge dich Gott nie erlösen!‹

Das waren seine letzten Worte ... Die Leute von Solowince wollten nicht, daß des Theodors Sohn am Galgen sterbe, darum verhalfen sie dem Severko zur Flucht nach Rußland, und mich stießen sie aus ...

Meine Strafe, meine Reue hat mit dem Augenblick begonnen, wo jene Worte meines Bruders an mein Ohr schlugen. Wie sie sich erfüllt haben, weißt du ...

So, Herr, dies ist meine Geschichte ... Komm!«

Ich erhob mich und schritt schweigend neben ihm her durch den Wald, wohl zwei Stunden lang, bis wir von ferne die Sägemühle klappern hörten.

Hier erst sprach er wieder. »Leb wohl«, sagte er. »Und willst du mir einen Dank erweisen, so sage mir noch vorher nach deinem Wissen und Gewissen: Glaubst du, daß ich durch die vierzig Jahre meinen Frevel genug gebüßt? Auch ich habe ja sowenig Schaden als möglich bereitet und bin sogar der ›Stumme‹ geworden, weil auch mein Wort Gefahr bringt. Also, ist's genug?«

»Genug!« sagte ich, im tiefen Herzen erschüttert. »Genug!«

Er nickte mir zu und ging. Ich blickte ihm lange nach. Dann schritt ich der Mühle zu und weiter hinab in die Niederung, langsam und gesenkten Hauptes, als trüge ich eine schwere Last.

Aber das ist nicht das letzte, was ich vom »Stummen« zu erzählen habe. Sein Ende habe ich noch zu berichten, und es war heller und tröstlicher als sein Leben. Fünf Jahre später war ich wieder in jener Gegend und ging desselben Weges aus der Ebene den Fluß empor und trat auch wieder in jenes Haus im Dorfe am Fuße des Waldgebirges, wo mir einst die erste Kunde vom »Stummen« geworden.

Die schöne, ehrwürdige Greisin, die mich einst so eindringlich vor ihm gewarnt, war noch am Leben, und ihr Antlitz war heiterer geworden, als ich es damals gesehen. Das hatte das blühende Glück um sie her bewirkt. Ihre Enkelin hatte sich vermählt, und zwei Kindlein knospten fröhlich auf. Das ältere, ein blonder Knabe von drei Jahren, lief vertraulich an mich heran, und als ich ihn aufs Knie hob, nickte mir die Greisin mit seligem Lächeln zu.

»Ich weiß noch genau, was wir einst gesprochen«, sagte sie. »Vom ›Stummen‹. – Nun wohl, daß dies Kind lebt, danken wir ihm.«

»Wie?« rief ich; ich hatte nach dem Unseligen nicht fragen wollen und war nun doppelt erfreut, von ihm zu vernehmen.

»Lebt er noch?«

»Nein!« erwiderte sie. »Um dieses Kindes willen ist er gestorben. – Friede mit ihm! – Im letzten Frühling war's, da tauchte er wieder in unserem Gau auf, oberhalb der Mühle, und darum wollt' ich es nicht leiden, als meine Enkelin mit dem Janko hier aufbrach, den Gatten zu besuchen, der hoch droben bei den Herden war. Aber sie ließ sich nicht halten. Bis zum Wildbach, der von oben herabbraust und dann zu unserem Flüßlein wird, kam sie glücklich und ungefährdet, aber als sie eben den Steg über das wilde Wasser betrat, krachte zufällig plötzlich ein Schuß aus eines Jägers Büchse, der einen Adler herabholte, und dies erschreckte sie so sehr, daß ihr das Knäblein aus dem Arme fiel und in die Flut ... Da aber tauchte jählings der ›Stumme‹ vor ihr auf, der irgendwo in der Nähe sein Versteck hatte, und sprang dem Kinde nach und rettete es. Seine Kraft reichte noch aus, es der Mutter in den Arm zu legen, dann brach er am Ufer zusammen ... Zwei Tage hat er noch gelebt, hier in dieser Hütte ist er gestorben; nie habe ich einen Menschen fröhlicher, seliger sterben sehen. ›Nun ist des Toten Fluch von mir genommen!‹ sagte er immer. ›Ich bin *einem* Menschen zum Segen gewesen, ohne mich wäre das Kind tot! Ich bin kein Verdammter mehr, und darum werde ich nun auch sterben können.‹ – Ach, Herr! wer von uns Menschen kann gerecht urteilen? Die Flut, aus der er das Kind rettete, war dieselbe, in der mein Sohn gestorben – um seinetwillen, wie ich einst geglaubt. Vielleicht ist ihm schweres Unrecht geschehen – Gott allein kennt die Wahrheit. Friede mit ihm!«

»Friede mit ihm!« sagte ich und beugte mich auf das Lockenhaupt des Kindes nieder.

Biographie

1848 25. *Oktober*: Karl Emil Franzos wird in Czortków (Galizien) als Sohn des jüdischen Arztes Heinrich Franzos und seiner Ehefrau Karoline, geb. Klarfeld, geboren.

1854 Nach dem Tod seines ersten Lehrers Heinrich Wild besucht Franzos die Klosterschule der Dominikaner in Czortków.

1858 Tod des Vaters.

1859 Umzug der Familie nach Czernowitz, der Hauptstadt der Bukowina.
Besuch des Gymnasiums in Czernowitz (bis 1867).

1867 Abitur in Czernowitz.
Franzos hat den Wunsch, Altphilologie zu studieren und hofft angesichts seiner schlechten finanziellen Lage auf ein Stipendium vom Staat. Dieses wird jedoch Juden nicht erteilt.
Studium der Rechtwissenschaft, Philosophie und Geschichte in Wien und Graz (bis 1871).

1871 Als Sprecher der progressiven Burschenschaften zieht sich Franzos einen Gesinnungsprozeß zu.
Aus politischen Gründen und wegen seiner jüdischen Konfession erhält Franzos trotz eines guten Studienabschlusses keine Anstellung im Staatsdienst.
Franzos verzichtet auf die Eröffnung einer Anwaltspraxis. Er wird freier Schriftsteller und Journalist.
Mitarbeiter der Zeitschrift »Über Land und Meer«.

1872 Feuilletonredakteur der Tageszeitung »Ungarischer Lloyd« (bis 1873).
Veröffentlichung erster Erzählungen und Skizzen in Zeitschriften.
Als Journalist unternimmt Franzos in den folgenden Jahren ausgedehnte Reisen durch England, Frankreich, Italien, die Schweiz, Deutschland, Ungarn, Rußland, die Türkei,

	Kleinasien und Ägypten (bis 1877).
1876	Franzos lebt in Wien (bis 1886).
	Reporter und Redakteur der »Neuen Freien Presse« in Wien.
	»Aus Halb-Asien. Kulturbilder aus Galizien, der Bukowina, Südrußland und Rumänien« (Skizzen, 2 Bände).
1877	Eheschließung mit der Schriftstellerin Ottilie Benedikt, die unter dem Pseudonym Franzos Ottmer publiziert.
	Die Novellensammlung »Die Juden von Barnow« erscheint. Sie wird zu seinen Lebzeiten in sechzehn Sprachen übersetzt.
1878	»Vom Don zur Donau« (Skizzen, 2 Bände).
1879	Franzos gibt Georg Büchners »Sämtliche Werke« zusammen mit dem handschriftlichen Nachlaß heraus, darunter erstmals den »Wozzek« (in einer verstümmelten Fassung).
	»Junge Liebe« (Erzählungen).
1880	»Moschko von Parma« (Roman).
1882	»Ein Kampf ums Recht« (Roman).
1883	»Das Ghetto des Ostens« (Schilderungen).
1884	Franzos wird Herausgeber und Chefredakteur der »Wiener Illustrierten Zeitung« (bis 1886).
1886	Herausgeber und Chefredakteur der in Stuttgart erscheinenden literarischen Halbmonatsschrift »Deutsche Dichtung« (bis zu seinem Tod 1904), in der er u.a. Novellen von Theodor Storm und Ferdinand von Saar erstveröffentlicht und zugleich einen heftigen Kampf gegen den Naturalismus führt.
	»Tragische Novellen«.
1887	Übersiedlung nach Berlin.
	Fortsetzung der journalistischen Tätigkeit.
1888	»Aus der großen Ebene« (Skizzen, 2 Bände).
1891	»Judith Trachtenberg« (Roman).
	Franzos tritt in Berlin dem »Zentralkomitee für die russischen Juden« bei, das Geld für die verfolgten Juden in

Rußland sammelt.
1893 »Der Wahrheitssucher« (Roman, 2 Bände). Aus Enttäuschung über die gesellschaftliche Situation, in der sein Wunschtraum einer deutsch-jüdischen Kultursymbiose nicht zu verwirklichen ist, veröffentlicht Franzos seinen fertiggestellten autobiographischen Roman »Der Pojaz« nicht. Er erscheint erst nach seinem Tod (1905).
1897 Franzos gibt die Sammlung »Briefe und Aufzeichnungen aus dem 19. Jahrhundert« heraus (4 Bände, bis 1900).
1903 »Deutsche Fahrten« (Reise- und Kulturbilder, 2 Bände).
1904 »Neue Novellen«.
28. Januar: Karl Emil Franzos stirbt in Berlin.

Erzählungen der Frühromantik

1799 schreibt Novalis seinen Heinrich von Ofterdingen und schafft mit der blauen Blume, nach der der Jüngling sich sehnt, das Symbol einer der wirkungsmächtigsten Epochen unseres Kulturkreises. Ricarda Huch wird dazu viel später bemerken: »Die blaue Blume ist aber das, was jeder sucht, ohne es selbst zu wissen, nenne man es nun Gott, Ewigkeit oder Liebe.«

Tieck Peter Lebrecht **Günderrode** Geschichte eines Braminen **Novalis** Heinrich von Ofterdingen **Schlegel** Lucinde **Jean Paul** Des Luftschiffers Giannozzo Seebuch **Novalis** Die Lehrlinge zu Sais
ISBN 978-3-8430-1878-4, 416 Seiten, 29,80 €

Erzählungen der Hochromantik

Zwischen 1804 und 1815 ist Heidelberg das intellektuelle Zentrum einer Bewegung, die sich von dort aus in der Welt verbreitet. Individuelles Erleben von Idylle und Harmonie, die Innerlichkeit der Seele sind die zentralen Themen der Hochromantik als Gegenbewegung zur von der Antike inspirierten Klassik und der vernunftgetriebenen Aufklärung.

Chamisso Adelberts Fabel **Jean Paul** Des Feldpredigers Schmelzle Reise nach Flätz **Brentano** Aus der Chronika eines fahrenden Schülers **Motte Fouqué** Undine **Arnim** Isabella von Ägypten **Chamisso** Peter Schlemihls wundersame Geschichte **Hoffmann** Der Sandmann **Hoffmann** Der goldne Topf
ISBN 978-3-8430-1879-1, 408 Seiten, 29,80 €

Erzählungen der Spätromantik

Im nach dem Wiener Kongress neugeordneten Europa entsteht seit 1815 große Literatur der Sehnsucht und der Melancholie. Die Schattenseiten der menschlichen Seele, Leidenschaft und die Hinwendung zum Religiösen sind die Themen der Spätromantik.

Brentano Die drei Nüsse **Brentano** Geschichte vom braven Kasperl und dem schönen Annerl **Hoffmann** Das steinerne Herz **Eichendorff** Das Marmorbild **Arnim** Die Majoratsherren **Hoffmann** Das Fräulein von Scuderi **Tieck** Die Gemälde **Hauff** Phantasien im Bremer Ratskeller **Hauff** Jud Süss **Eichendorff** Viel Lärmen um Nichts **Eichendorff** Die Glücksritter
ISBN 978-3-8430-1880-7, 440 Seiten, 29,80 €

Erzählungen aus dem Biedermeier

Biedermeier - das klingt in heutigen Ohren nach langweiligem Spießertum, nach geschmacklosen rosa Teetässchen in Wohnzimmern, die aussehen wie Puppenstuben und in denen es irgendwie nach »Omma« riecht.

Zu Recht. Aber nicht nur.

Biedermeier ist auch die Zeit einer zarten Literatur der Flucht ins Idyll, des Rückzuges ins private Glück und der Tugenden. Die Menschen im Europa nach Napoleon hatten die Nase voll von großen neuen Ideen, das aufstrebende Bürgertum forderte und entwickelte eine eigene Kunst und Kultur für sich, die unabhängig von feudaler Großmannssucht bestehen sollte.

Georg Büchner Lenz **Karl Gutzkow** Wally, die Zweiflerin **Annette von Droste-Hülshoff** Die Judenbuche **Friedrich Hebbel** Matteo **Jeremias Gotthelf** Elsi, die seltsame Magd **Georg Weerth** Fragment eines Romans **Franz Grillparzer** Der arme Spielmann **Eduard Mörike** Mozart auf der Reise nach Prag **Berthold Auerbach** Der Viereckig oder die amerikanische Kiste

ISBN 978-3-8430-1884-5, 444 Seiten, 29,80 €

Erzählungen aus dem Biedermeier II

Annette von Droste-Hülshoff Ledwina **Franz Grillparzer** Das Kloster bei Sendomir **Friedrich Hebbel** Schnock **Eduard Mörike** Der Schatz **Georg Weerth** Leben und Taten des berühmten Ritters Schnapphahnski **Jeremias Gotthelf** Das Erdbeerimareili **Berthold Auerbach** Lucifer

ISBN 978-3-8430-1885-2, 440 Seiten, 29,80 €

Erzählungen aus dem Biedermeier III

Eduard Mörike Lucie Gelmeroth **Annette von Droste-Hülshoff** Westfälische Schilderungen **Annette von Droste-Hülshoff** Bei uns zulande auf dem Lande **Berthold Auerbach** Brosi und Moni **Jeremias Gotthelf** Die schwarze Spinne **Friedrich Hebbel** Anna **Friedrich Hebbel** Die Kuh **Jeremias Gotthelf** Barthli der Korber **Berthold Auerbach** Barfüßele

ISBN 978-3-8430-1886-9, 452 Seiten, 29,80 €